"저는 이제 당신에게
흥미 없으니까요."

"전부 유키 님의
뜻에 따르겠습니다."

타니야마 사야카

중등부 시절, 유키와 학생회장 자리를 다툰
현 선도위원. 고등부에서는 학생회에
들어가지 않았기에, 선거전에 출마하지
않을 거라 여겼지만……

키미시마 아야노

무음, 무뚝뚝, 무표정이 기본인 유키의
종자. 주인에게 절대적인 경애와 절대적인
충성을 바치는, 충의 넘치는 사람. 그런
만큼, 지금의 마사치카에게 나름대로
생각하는 바가 있는 듯한데……

"뭐, 이렇게 되면
의욕을 낼 수밖에
없지 않겠사옵니까."

쿠제 마사치카

실은 러시아어를 알아듣는. 기본
불성실한 중등부 시절 학생회
부회장. 아리사의 꿈을 응원하기
위해, 다시 부회장 후보로 선거전에
임한다.

"나, 아랴와
다투고 싶지 않아──."

목차

Не уходи……♥

가끔씩 툭하고 러시아어로 부끄러워하는 옆자리의 아랴 양 2

SUN SUN SUN 지음

모모코 일러스트

이승원 옮김

프롤로그 아냐!

어느 맨션의 한 방. 전체적으로 차분한 분위기가 감도는 방 안에서, 침대에 몸을 던진 채 표정이 쉴 새 없이 바뀌고 있는 소녀가 있었다.

"왜…… 아니, 하지만……."

혼잣말을 중얼거리면서, 아름다운 얼굴로 표정을 쉴 새 없이 바꾸고 있는 소녀는 이 방의 주인, 아리사 미하일로브나 쿠죠 본인이다.

블레이저 교복의 재킷만 벗은 아리사는 셔츠가 구겨지는 것을 개의치 않으며 침대 위를 마구 굴러다니고 있었다. 평소의 그녀답지 않게 조신하지 못한 행동이지만, 아리사에게는 그런 것을 신경 쓸 여유가 없었다.

그녀는 30분 전의 일을 떠올렸다. 학교에서 돌아오는 길, 자신을 향한 올곧은 시선, 내민 손. 그런 상대를 향해…… 자신이 한 말.

"조, 좋아해? 좋아한다니, 어? 어어??"

거의 무의식적으로 입에 담은 말이었다. 가슴속에서 솟아오른 커다란 감정의 파도에 밀려나듯, 정신 차리고 보니 그 말을 입에 담았다.

"좋아해? 쿠제를? 내, 내, 내가……!!"

확인을 하려는 듯이 자문자답을 한 직후 얼굴을 새빨갛게 붉히며 침대에 뛰어들었다.

"아냐. 아니거드으으으은~?!"

침대에 얼굴을 묻은 채, 척수 반사적으로 부정의 말을 외쳤다.

(좋아해? 내가? 쿠제를? 아냐! 그럴 리가 없어!)

그렇게 의욕 없는 사람을 좋아하게 될 리가 없다. 확실히 지금까지 러시아어로 그럴듯한 말을 입에 담은 적이 있다.

하지만, 그것은 어디까지나 마사치카를 놀리려고 한 말이다. 항상 자기가 한 수 위라는 듯이 여유 부리면서, 자기를 향한 호의를 전혀 눈치채지 못하는 모습이 우스운 나머지 마음에도 없는 소리를 입에 담았을 뿐이다.

(……정말?)

머릿속에서 흘러나온 그 의문을, 아리사는 억지로 부정했다.

"정말이야. 나는 쿠제를 좋아하지 않아. 아까는…… 분위기에 휩쓸렸을 뿐이야. 그게 다거든?!"

그렇게 단언하며 억지로 자기 자신을 납득시킨 후, 아리사는 벌떡 일어서며 벽장으로 향했다.

(설령…… 그래, 백 보. 아니, 만 보 양보해서 내가 쿠제를

좋아하더라도…… 지금은, 그런 것보다 더 중요한 게 있어.)

아리사는 옷을 갈아입으면서 다시 확인했다. 지금 자신에게 가장 중요한 것이 무엇인지를 말이다.

생각할 것도 없다. 학생회장이 되는 것이다.

연애 같은 것에 빠져서 그 노력을 게을리하는 건, 용서받을 수 없는 행위다.

그것은, 자신의 버팀목이 되어주겠다고 말한, 마사치카를 배신하는 행위에 지나지 않는다.

(그래……. 쿠제가 협력을 해주기로 했으니, 내가 해야 할 일은 그 기대에 부응하는 거잖아? 그런 내가 선거 활동을 내팽개치고, 고백 따위를 했다간…… 쿠제가 어떻게 생각할 것 같아?)

자문자답 중인 아리사의 뇌리에, 마사치카의 얼굴이 떠올랐다.

『뭐? 좋아해? ……아, 미안해. 나는 딱히 그럴 작정으로 「버팀목이 되어주겠다」고 말한 게 아니었는데……. 너, 나를 그런 눈으로 봤던 거야? 그건 좀…… 아니잖아. 역시 회장 선거를 돕는단 이야기는 없었던 일로…….』

완전히 질린 표정으로, 그런 소리를 늘어놓는 마사치카의 환상이 보였다.

"커, 헉……."

자기가 한 상상에 대미지를 입고 만 아리사는 비틀거렸다.

후들거리는 발걸음으로 침대에 돌아온 그녀는 이불 위에 털썩 쓰러졌다.

그대로 잠시 멍하니 있던 그녀는 이윽고 눈을 부릅뜨고, 손바닥으로 이불을 때리기 시작했다.

"나도! 딱히! 너 같은 거! 좋아하지! 않거든?!!"

말을 퍼부어주듯 손을 휘둘러대며, 거친 숨을 내쉬었다.

(그리고, 어차피 쿠제잖아. 내일 학교에 가면, 또 의욕 없는 태도로 나를 짜증 나게 할 거야.)

바로, 내가, **그런 행동**까지, 했는데…….

"윽!"

그렇게 생각하니 또 화가 난 아리사는 침대에서 벌떡 몸을 일으킨 후, 거칠게 벽장의 문을 닫았다.

그와 동시에 현관문이 닫히는 소리가 들려왔고, 아리사는 열기를 띤 볼을 손으로 누르며 표정을 관리한 후에 가족을 마중하러 나갔다.

"어서 와, 마샤."

"다녀왔어, 아랴."

"어?"

평소처럼 푸근한 미소를 머금으며 빈손으로 아리사의 어깨를 안아준 마리야는 좌우의 볼에 볼 키스를 했다. 하지만 그 움직임은 왠지 마음에 딴 곳에 가 있는 것처럼 느껴졌다.

"마샤…… 무슨 일 있었어?"

"어…… 왜 그런 걸 묻는 건데?"

"아니, 그게…….."

말을 했지만 제대로 설명하지 못한 아리사는 말문이 막혔다.

그런 아리사를 평소와 어딘가 다른 시선으로 쳐다보던 마리야는 퍼뜩 미소 짓더니, 손에 들고 있던 비닐봉지에서 봉제 인형을 꺼냈다.

"응, 맞아! 실은…… 엄청 멋진 만남을 가졌어!"

"뭐?"

갑작스레 환한 목소리를 듣고 당황한 아리사의 눈앞을 향해, 마리야가 고양이 봉제 인형을 쑥 내밀었다.

"짜잔~! 아랴냥!"

"아, 아라냥……? 뭐?"

"이거 좀 봐! 아랴와 닮은 것 같지 않아?"

"……어디가 말이야?"

한 걸음 물러나서 봉제 인형을 쳐다본 아리사가 무심코 진지한 목소리로 그렇게 물었다.

"으음~? 이 눈매라든가~."

"인형한테 눈매가 어디 있어…….."

"있어~. 자아, 제대로 봐봐."

"응. 그래, 알았으니까…… 일단, 이름은 바꿔."

"뭐어~?"

"나를 부르는 것 같아서 좀 그렇단 말이야."

"으음~. 그럼…… 아~냥은 괜찮아?"

"뭐, 그거라면……."

"와아, 그럼 집에 가자~, 아~냥."

마리야는 기쁜 듯이 환하게 웃으며 봉제 인형을 끌어안더니, 자기 방으로 향했다.

어처구니없다는 눈길로 아리사가 쳐다보고 있을 때, 갑자기 멈춰선 마리야가 어깨 너머로 그녀에게 말을 건넸다.

"아, 맞다. 아랴, 쿠제 말인데……."

"……왜?"

방금까지 생각하고 있던 인물의 이름이 언급되자, 아리사는 움찔했다. 아리사의 그런 반응을 아는지 모르는지, 마리야는 밝은 목소리로 말을 이었다.

"아, 괜찮은 애다 싶어서 말이야~. 아랴가 좋아하게 된 것도 이해해~."

"그러니까, 좋아하는 게 아냐."

"정말~?"

"끈질겨."

마음속의 동요를 억누르듯, 아리사는 일부러 어이없다는 투로 말했다. 그 직후, 마리야가 어깨 너머로 보내는 시선에 숨을 삼켰다.

왜냐하면, 이제까지의 밝은 목소리와 달리…… 그 눈동자는, 무시무시할 정도로 진지했던 것이다.

하지만, 그 눈동자는 곧 평소의 환한 미소에 가려졌다.

"응, 그렇구나~."

"어?"

"아하~. 솔직하지 못한 아랴도 귀여워."

"뭐, 뭐어?!"

"하지만, 좋아한다면 좋아한다고 빨리 말하는 편이 좋을 거야~. 남에게 빼앗긴 후에는, 늦거든."

"무, 무슨 소리를 하는 거야!"

"후훗, 청춘이네~."

아리사의 말을 개의치 않으며 멋대로 납득한 마리야가 자기 할 말만 늘어놓으며 방에 들어가 버렸다.

"정말, 왜 저러는 거야……."

아리사는 평소와 다름없이 마이페이스한 언니를 보고 체념 섞인 표정을 짓더니, 더는 개의치 않으려는 듯이 방으로 돌아갔다.

하지만, 개의치 않으려 해도…….

"……."

마리야가 어깨 너머로 보여준 그 진지한 눈빛이, 한동안 머릿속에서 사라지지 않았다.

제 1 화　알아들으셨으려나……

"아아~. 이건 아니잖아~~."

밤길을 홀로 터벅터벅 걸으며 혼잣말을 늘어놓고 있는 남학생. 거동수상자는 아니다. 아리사를 집까지 바래다준 후, 한창 귀가 중인 쿠제 마사치카다.

"뭐~가 『버팀목』이야. 뭐가 『잔말 말고 내 손을 잡아』냐고. 진짜 뭐라고 떠들어댄 거야. 확 죽어버려, 쓰레기. 끄아~. 나란 놈은 진짜 징그러워. 오글거린다고. 부끄러워 죽겠네. 아, 징그러운 걸로 치면 지금 이렇게 중얼거리고 있는 나 자신이야말로 오글 그 자체잖아~~."

그의 입에서 흘러나오고 있는 건 격렬한 후회와 자기혐오다.

조금 전, 웬일로 아리사 앞에서 남자다운 모습을 보였던 마사치카는 그 반동으로 침울하기 그지없었다. 자기가 아리사에게 한 말을 머릿속에서 떠올리자, 수치심과 후회 탓에 죽을 것만 같았다. 게다가…….

"아랴…… 틀림없이 『사랑해』 하고 말했어……."

가로수 길에서 아리사가 보여준, 활짝 핀 꽃 같은 미소.

헤어질 적에 볼에서 느껴졌던 부드러운 감촉을 떠올린 마사치카는 마음이 싱숭생숭했다. 마사치카는 지금까지 아리사가 때때로 러시아어로 한 말은 그저 장난에 지나지 않다고 여겼다. 소악마 느낌으로 호의를 슬며시 드러내며, 들킬지 말지의 스릴과 알아듣지 못하는 마사치카의 우스꽝스러운 반응을 즐기는 것뿐이라고 생각했다.

하지만 방금 보여줬던 호의는, 명백하게 그 범주를 벗어났다……. 그것은 아리사의 본심이 아니었을까…….

"에이, 아냐."

머릿속에 떠오른 추측을, 스스로 부정했다.

(나와 마찬가지로, 아랴도 흥분해서 그런 소리를 했을 뿐일 거야. 지금쯤 정신을 차린 아랴도 수치심과 후회를 느끼고 있지 않을까? 응, 그럴 것 같은 느낌이 들어.)

하지만 그렇게 자기를 납득시키면서도, 아리사가 보여준 호의에 가슴이 뛴 것도 사실이었고…….

"나…… 이제 연애 같은 건 못할 줄 알았는데…….."

실제로 그 애가 사라진 후, 마사치카는 단 한 번도 연정을 느껴본 적이 없다. 여자애를 보고 「귀엽네」나 「예쁘네」 같은 생각은 했다. 그 나이대 남자애답게 성적 욕구를 느낀 적도 있다. 하지만 이성을 「좋아한다」고 느끼며 가슴이 뛴 적은 한 번도 없다.

(애초에 나 같은 쓰레기를 좋아하는 사람이 있을 리 없

잖아.)

　원래 마사치카는 자기 자신을 싫어한다. 자기도 좋아할 수 없는 이 쿠제 마사치카란 인간을, 다른 누군가가 좋아해 주는 것 자체가 마사치카에게는 상상조차 어려운 일이다. 게다가 마사치카는 연애 감정이라는 것을 신용하지 않는다.

　연애 감정의 대부분은 일시적인 마음의 흔들림에 지나지 않으며, 계기만 있으면 금방 식어버린다고 생각한다.

　특히…… 자기 자신의 연애 감정은 전혀 믿을 수가 없었다.

　(그 애의 이름과 얼굴을 떠올리지 못하는 내가…… 누군가를 진심으로 좋아할 수 있을 리가 없잖아?)

　학생끼리의 연애는 결국 장난 같은 것이다. 학생 시절에 사귄 커플이 그대로 결혼까지 이어지는 경우 같은 건 현실에서 좀처럼 없다.

　그런 일이 흔하게 벌어지는 것은 창작물의 세계 안이다. 실제 학생 커플 같은 건 사소한 일로 맺어졌다가 헤어지는 불안정한 관계다.

　만약 아리사의 호의가 진심일지라도, 결점투성이인 쿠제 마사치카란 인간을 가까이에서 살펴본다면 그런 감정이 금방 사라져버릴 게 틀림없다.

　(게다가…… 학생 시절에 사귀다 결혼까지 하고도, 이혼하는 사람도 있잖아.)

　부모님을 떠올리며 자조하듯 웃었다. 그리고, 곧 땅이

꺼지게 한숨을 내쉬었다.

"……귀찮아."

자연스럽게, 그런 말이 입에서 흘러나왔다.

사랑 따위…… 그런 불확실하고 애매한 것 때문에 골치를 썩이는 건 바보짓이다. 정말 귀찮다.

애초에 연인을 가지고 싶은 건 아니고, 아리사에게 고백을 받지도 않았다. 하지만, 왜 이런 구질구질한 생각을 하는 걸까.

(하아…… 이런 생각이나 해선, 평생 연인 같은 건 안 생기겠지.)

그렇게 생각하니, 자신이 이단아처럼 느껴진 나는 기분이 더 가라앉았다. 이렇게 기분이 가라앉았을 때는 애니메이션이라도 보며 기분을 풀자. 그렇게 생각한 마사치카는 집을 향해 서둘러 걸음을 옮겼다.

그리고 2차원으로 도피할 마음으로 집의 문을 열어보니…… 현관 앞에 놓여 있는, 있어선 안 되는 신발을 보고 그 자리에서 얼어붙었다.

"그 녀석…… 볼일이 있는 거 아니었냐고……."

무심코 그렇게 중얼거린 후, 「아, 딱히 이상한 일은 아닌가」하고 다시 생각했다. 오늘 일이 마사치카를 학생회에 영입하기 위해 계획된 일이라면, 유키도 이 계획에 당연히 관여했을 것이다. 어쩌면 주도자일 가능성마저 있다.

"완전히 걸려들었어…… 아니, 낚였다는 게 적절할까."

한숨을 내쉬면서 세면장의 문을 열었다. 그러자…….

"어……?"

"앗……?"

눈이, 마주쳤다. 목욕수건으로 머리를 닦고 있는 알몸인 유키와 말이다. 얼이 나간 표정으로 눈을 치켜뜬 유키는 허겁지겁 목욕수건으로 몸을 가렸다. 그리고…….

"꺄아앗—! 오빠는 변태!"

"너야말로 타이밍을 재서 나온 거잖아."

"쳇, 들켰네."

"당연히 들키지. 내가 현관문을 닫는 소리를 듣고 나온 거잖아."

도끼눈을 뜨며 지적해주자, 유키는 비명을 쑥 삼키며 씨익 웃었다. 미안해하지도 않는 여동생을 본 마사치카는 「알몸 노출은 과하다고」 하고 어이없다는 듯이 말하며 세면장에서 나가려고 했다.

"이봐, 기다려보게. 내가 왜 이렇게까지 한 건지 궁금하지 않은 건가?"

"궁금하기는 한데, 일단 옷부터 입으라고."

"일단 내 말을 들어보게, 마사치카 군. 나는 방금, 엄청난 사실을 깨닫고 말았지."

"……엄청난 사실?"

어차피 변변찮을 거라고 생각하면서도, 마사치카는 문손잡이를 잡은 상태에서 되물었다. 그러자 유키는 「훗」 하고 공허한 웃음을 흘리며 오른손으로 한쪽 눈을 감싸는 듯한 자세를 취했다.

마치 사건의 진상을 깨달은 명탐정 같은, 꽤 그럴듯한 포즈였다.

목욕수건을 한 손으로 잡은 탓에 여기저기가 보일 것 같아 소름이 돋는데 말이다. 하지만 그런 것을 전혀 개의치 않는 듯한 유키는 반쯤 가린 눈을 치켜뜨면서 외쳤다.

"그래…… 이렇게 오랫동안 한 지붕 아래에서 살았으면서, 탈의 조우 이벤트를 소화하지 않았다는 것을 말이야!"

"예상을 초월하는 헛소리네!"

"모든 오빠는 여동생이 옷 갈아입는 광경을 목격하기 마련이잖아! 목격하기 마련이잖아!!"

"2차원에서라면 말이지! 이 오타쿠 뇌야!"

"오빠야한테 그런 소리 듣고 싶지 않아!"

"젠장! 오늘은 평소보다 그 말이 더 따끔하네!"

몇 시간 전에 미인 선배 상대로 「헉! 이건 간접 키스 이벤트?!」를 해버렸던 사람에게, 방금 그 말은 상처에 하바네로를 뿌리는 격이다.

마사치카가 무심코 가슴을 움켜쥐며 「끄윽」 하고 신음을 흘리는 가운데, 유키는 고개를 딴 곳으로 돌리며 요염한

포즈를 취했다.

"그런고로, 서비스샷. 꺄아~."

"대체 뭘 쳐다보는 거야?"

"응? 바보한테는 안 보이는 카메라야."

"벌거벗어서냐?! 헛소리 마! 오타쿠 뇌에만 보이는 카메라잖아!"

"그럼 오빠도 보여야 하는 거 아냐?"

"응, 보여. 완벽하게 보인다고. 예이~."

마사치카는 유키와 같은 방향을 향해 피스 사인을 날렸다. 객관적으로 볼 때 참 위험한 남매다.

"응, 엄청 골 때리는 사진이 찍혔네!"

"너 때문에 말이지!"

유키가 진지하기 그지없는 표정으로 고개를 끄덕이자, 마사치카는 바로 태클을 날렸다. 그러자 유키는 과장 섞인 태도를 관두며 히죽 웃었다.

"농담은 이쯤 하기로 하고, 이건 오빠의 뒤통수를 때린 것에 대한 사죄랍니다~."

"사죄랍시고 알몸 보여주지 마."

"에이, 형씨. 잠자코 있으니까 멋대로 떠들어대잖아. 머리부터 발끝까지 똑똑히 살펴봤다는 걸 알고 있거든? 아앙?"

"유키…… 이렇게 됐으니, 이 말만은 해두겠어."

"어라라. 오빠, 왜 갑자기 정색하는 거야?"

"완전 노출은…… 거꾸로 매력이 없어. 슬쩍슬쩍~ 보여주는 거야말로 정의야."

"……아하? 거기까지는 생각이 안 미쳤네."

남매는 순식간에 서로의 마음을 이해했다. 두 사람 사이에서 한순간 빛이 반짝였다는 것을, 이 남매는 직감했다.

그리고, 마사치카는 입가에 만족한 듯한 미소를 머금더니, 천천히 탈의실에서 나가려고—.

"이봐, 거기 서. 그런다고 속아 넘어갈 줄 알았어? 너, 봤지? 머리부터 발끝까지 똑똑히 살펴봤잖아? 아앙?"

"……가슴까지만 봤어."

"인정했구나! 이 찌찌별 인간아!"

"시끄러워, 이 색마야."

"처녀 암캐라고 불러~!"

"그런 것에 집착 말라고! 그리고 이제 그만 옷 좀 입으란 말이다, 이 멍청아!"

마사치카는 고함을 지르면서 문을 닫더니, 그대로 거실로 향했다. 어쩔 수 없이 부엌에서 손을 씻고 양치질을 한 후, 바로 방으로 돌아갔다.

"하아……."

왠지 구질구질하게 고민하는 게 바보처럼 느껴진 마사치카는 한숨을 내쉬며 가방을 바닥에 내던진 후, 교복 재킷과 와이셔츠를 벗고 민소매 티만 걸친 채 바지를 벗—.

"지금이닷!!"

"우오오?!"

—으려던 순간, 머리카락이 젖은 상태에서 팬티와 셔츠만 걸친 유키가 문을 걷어차며 침입했다.

깜짝 놀라 균형을 잃은 마사치카는 발목에 바지가 걸린 채 침대에 쓰러졌다. 그런 마사치카를 꼼꼼히 살펴본 유키가 음흉한 미소를 흘렸다.

"헷헷헷. 형씨, 몸매가 꽤 괜찮은걸."

"깜짝 놀랐잖아! 갑자기 뭐 하는 거야!"

"아니, 이 기회에 여동생이 오빠가 옷 갈아입는 모습을 훔쳐보는 패턴도 소화할까 했거든."

"오빠의 속옷 차림을 보는 게 즐겁냐?"

"으음~, 즐겁다기보다……."

유키는 그렇게 말하며 마사치카의 하반신을 보더니, 질렸다는 표정을 지었다.

"맙소사……. 이 녀석, 여동생의 알몸을 보고도 전혀 반응 안 했잖아? 어디 잘못된 거 아냐?"

"멀쩡하니까 반응 안 한 거야. 여동생의 알몸을 보고 흥분하는 오빠 같은 건, 완전 별로 아냐?"

"나는 오빠의 알몸 보고 흥분할 수 있어!"

"응. 방금 그 말은 못 들은 걸로 하겠어."

"나는 오빠의 알몸 보고 흥분할 수 있어! 흥분할 수 있어!!"

"반복하지 마! 강조하지 말라고!"

"이야, 오빠의 몸이 그 듬직한 학생회장에게 유린당하는 광경을 상상만 해도……."

"그런 쪽의 흥분이냐! 너, 어느새 BL 속성까지 손에 넣은 건데?!"

다급히 바지를 입은 마사치카가 태클을 날리자, 유키는 어딘가 애처로운 미소를 지으며 그윽한 눈길을 머금었다.

"처음에는 이건 아냐~ 하고 생각했어요. 하지만 접해보지도 않고 부정하는 건 옳지 않다고 여겼죠. 그래서 보니, 의외로 괜찮지 뭐예요."

"완전히 늪에 빠져서 허우적대고 있네. 하지만 네 방에는 그런 쪽 책이 없었거든?"

쿠제 가의 집에는 유키의 방이 있다. 침대 말고는 오타쿠 굿즈밖에 없는 완벽한 취미생활용 방이지만 말이다.

마사치카도 거기서 만화나 라이트노벨을 꺼내서 보기에, 구비된 라인업을 완벽하게 파악하고 있다. 그리고 마사치카가 알기로, 그쪽 방면 서적은 하나도 없었다.

마사치카가 의아해하자, 유키는 당연하다는 듯이 고개를 끄덕였다.

"그럴 거야. 아빠 서재에 놔뒀거든."

"잠깐만! 진짜야?!"

"미리 말해두겠는데, 허락은 받았어. 아빠가 『책 둘 자리가 없으면 서재 책장의 빈칸에 꽂아둬도 돼』하고 말했거든."

"그래도 그런 하드하기 그지없는 책을 둘 거라고는 아버지도 생각 안 했을 거라고!"

"하지만 아빠는『뭐, 취미는 사람마다 다르니까……』하고 말했거든?"

"그걸로 괜찮은 거냐, 아버지! 딸의 취향이 썩어 들어가고 있다고!!"

"그렇게 말하는 아빠의 어딘가 지친 듯한 미소와 숱이 적은 머리를 보니,『아아, 고생을 끼치고 있나 보네』싶어서 약간 울적해졌사옵니다."

"그런 식으로 그걸 깨달은 거냐. 그리고 머리숱 이야기는 하지 마. 본인도 신경 쓰고 있는 것 같거든."

유키는 마사치카의 말을 듣고 깔깔 웃으며 방에서 나가더니, 드라이기와 머리빗을 가지고 돌아왔다. 그리고 긴 머리카락을 정성 들여 말리면서, 드라이기 소리에 뒤지지 않을 만큼 큰 목소리로 마사치카에게 말을 건넸다.

"그런데 오라버니여~."

"왜?"

"회장님과 마샤 씨의 이야기를 듣고, 학생회에 들어올 결심이 선 거야?"

"……아, 그게 말이지……."

"응~?"

거북한 나머지 마사치카의 목소리가 작아지자, 유키는 드라이기를 끄며 고개를 들었다. 자기를 올려다보는 여동생의 얼굴을 똑바로 바라본 마사치카는 마음을 굳히며 입을 열었다.

"나, 아랴를 학생회장으로 밀어주기로 했어."

"……."

마사치카의 고백에, 유키는 눈을 치켜뜨며 굳어버렸다.

하지만, 무리도 아니다. 아리사를 학생회장으로 밀어준다는 건, 학생회장이 목표인 유키를 적대한다는 의미다. 객관적으로 보면, 배신이라 해도 과언이 아니다.

"오—."

"오?"

불만이나 원망을 들을 거라 각오하고 있는 마사치카의 앞에서, 느닷없이 오빠의 침대에 뛰어든 유키는 베개에 얼굴을 묻으며 고함을 질렀다.

"오빠를, 아랴 양한테 NTR 당했어어어—!!"

"아니, NTR은 아니거든?"

마사치카가 냉철하게 태클을 날리자, 유키는 고개를 벌떡 들면서 양손으로 자기 가슴을 들어보였다.

"크윽, 이 찌찌별 인간! 내 C컵으로는 만족 못 한다는 거구나! 아랴 양의 E컵(추정)에 농락당한 거야!"

"가슴 크기 좀 떠벌리지 마!"

"진정해, 브라더! 아니, 브래지어! 주무를 수 없는 E컵보다 주무를 수 있는 C컵이 훨씬 낫거든?!"

"양쪽 다 주무르면 안 되거든?!"

"그럼 뭐야?! 아야노의 D컵도 추가해달라는 거야?! 여자 둘 데리고 하렘 플레이를 하고 싶은 거냐, 이 내숭 색골아!"

"인마, 진짜로 확 주물러 버린다."

"어디 해봐, 짜샤아아아—! 안 아프게 주물러 주세요~!!"

"왜 바로 오케이하는 거냐고!"

마사치카가 격렬한 태클을 날리자, 침대에 무릎을 대고 서며 어디 해보란 듯이 도발을 한 유키는 갑자기 양손으로 자기를 감싸면서 몸을 배배 꼬았다.

"자아~? 어쩔 거야~? 여동생의 퍼스트 찌찌 터치를 차지할래~?"

"찌찌 터치 같은 소리 하지 마. 그리고 남자 고등학생 같은 짜증 나는 반응 좀 보이지 말라고."

"농담이야. 내 퍼스트 찌찌 터치는 초등학생 때 이미 오빠가 차지했거든☆"

"그런 기억 없거든?!"

그러자 유키가 짜증 나게 히죽거리던 얼굴에 「뭐?」 하고 말하는 듯한 경악에 찬 표정을 지었고, 그 모습을 본 마사치카는 「어? 진짜인가?」 하고 마음속으로 생각하며 당황했다.

"오빠…… 잊은 거야? 내가 초등학교 2학년일 때……."

"어…… 어?"

"술래잡기 도중에 정면충돌을 하면서…… 내 사타구니에 안면 다이빙을 한 거로 모자라, 내 오른쪽 가슴을 확 움켜쥐었잖아!"

"그런 미라클을 일으킨 적 없다고! 말도 안 되는 러키 색골 이벤트를 날조하지 마! 그리고! 초등학교 2학년 때면, 너는 천식이 심해서 집 밖으로 거의 나가지 못했잖아!"

"그런 내가 지금은 이런~ 건강 우량아! 중학생 이후로는 감기도 걸린 적 없어!"

유키가 무릎으로 선 채 가슴을 쫙 펴자, 마사치카는 질렸다는 듯한 표정을 지었다.

"오히려 조금만 얌전해졌으면 좋겠다 싶거든?"

"얌전하거든? 집과 학교에선 말이야!"

"……좀 미안하네."

"사과하지 마! 어리광이나 받아줘!"

유키는 그렇게 외치더니, 콧김을 뿜으며 마사치카에게 드라이기와 머리빗을 쑥 내밀었다. 그 의도를 정확하게 파악한 마사치카는 쓴웃음을 흘리며 침대로 이동하더니, 유키가 내민 드라이기와 머리빗을 건네받았다.

"헤헤, 잘 부탁해요~."

그러자, 기쁜 표정으로 침대 위로 이동한 유키는 마사치카에게 등을 보이며 털썩 앉았다.

"……그다지 잘하는 편은 아냐."

마사치카는 그렇게 말하며 드라이기를 켜더니, 유키의 긴 흑발을 정성 들여 빗겨줬다.

이대로 한동안 침묵이 흘렀지만, 마사치카가 드라이기의 바람을 냉풍으로 바꾼 순간에 유키가 불쑥 입을 열었다.

"그래……. 오빠는, 아랴 양과 입후보하기로 결심했구나."

"그래……. 미안해."

"응~~? 딱히 사과할 일은 아니거든? 남매 대결은 왕도라 의욕이 샘솟는걸."

"하하하……."

이 상황에서도 오타쿠다운 발상을 한 유키를 향해, 마사치카는 쓴웃음을 흘렸다.

"……혹시나 해서 말하는 건데, 딱히 네가 싫어진 건 아냐."

"알아~. 오빠는 내가 좋아 죽잖아~?"

"……그래."

"헤헤, 오빠가 부끄러워하네."

"시끄러워."

유키는 웃음을 흘리면서 간지러운 듯이 몸을 흔들었다. 그리고, 웃음을 멈추며 머리를 흔들더니, 벌떡 일어섰다.

"이제 됐어."

"그래?"

"응. 고마워."

그리고 마사치카한테서 드라이기와 머리빗을 넘겨받더니, 침대에서 나와 문 쪽으로 향했다.

"그럼 이제부터는 라이벌인 걸로…… 아, 맞다."

"응?"

"나는 바람 좀 피우는 건 개의치 않는 쉬운 여자야. 그러니 아라 양한테 질리면 언제든 갈아타."

"아니, 바람 같은 소리 마. 그런 짓 안 한다고."

"훗, 최종적으로 내 곁으로 돌아올 거면서~."

"네가 그렇게 좋은 여자냐."

"히히히. 그럼 내 방으로 갈게. 바이바이~."

유키는 오빠의 태클을 듣고 깔깔 웃더니, 손을 흔들며 방에서 나갔다. 그리고…… 문을 닫은 후, 오빠에게 들리지 않도록 중얼거렸다.

"그래……. 의욕이 나게 해줄 사람을, 찾았구나."

뒤를 돌아보며, 문 너머에 있는 오빠를 향해 작은 목소리로 말했다.

"잘 됐네, 오빠."

그 눈길은 상냥한 자애로 가득 차 있었고, 그 목소리에는 한없는 애정이 담겨 있었다.

한동안 그렇게 문 너머에 있는 오빠를 향해 상냥한 눈길을 보낸 후, 유키는 뒤돌아서서 자기 방으로 향했다.

"아~아, 나는 무리였구나~."

자조 섞인 목소리로 그렇게 중얼거리며 자기 방의 문을 열더니, 방문을 닫고 그대로 기댔다.

문에 기대선 유키는 고개를 푹 숙였다. 잠시 그러고 있었지만, 곧 고개를 치켜들었다.

"뭐, 그래도……."

그런 그녀의 얼굴에서는 자애도 자조도 전혀 찾아볼 수 없었고, 무시무시할 정도의 진지함만이 어려 있었다.

"지지는 않을 거야."

그렇게 단언한 유키의 표정은 숨 막힐 정도의 기백으로 가득 차 있었으며…… 놀라울 만큼, 진심일 때의 마사치카를 쏙 빼닮았다.

"으응……."

다음 날 아침, 자명종 시계의 알람을 듣고 눈을 뜬 마사치카는 침대 위를 느릿느릿 이동해서 알람을 껐다.

"어……."

느릿느릿 상체를 일으키고 커튼을 걷자, 쏟아져 들어오는 아침 햇살에 눈을 가늘게 떴다.

그리고 문득, 평소 같으면 시끄럽게 자기를 깨우러 올 여동생이 모습을 보이지 않았단 사실을 눈치챘다.

"……."

생각해 보니, 어젯밤부터 유키는 어딘가 좀 이상했다.

어제는 유키가 좋아하는 심야 애니메이션 방영일이다. 평소 같으면 둘이서 애니를 본 후, 열띤 감상회를 하곤 했다. 하지만 유키는 어젯밤에 애니메이션 본편을 다 본 후, 적당히 감상을 말한 후에 잠자러 갔다.

"하아……."

역시, 오빠의 배신에 적지 않은 충격을 받은 것일까. 입으로는 개의치 않는다고 말했지만, 속으로는 상처를 입었던 걸지도 모른다.

그런 생각이 머릿속에 떠오른 마사치카는 쓰디쓴 표정을 지으며 머리카락을 거칠게 긁적였다.

이러는 동안에도, 유키는 모습을 보이지 않았다. 아니, 방 밖에서는 아무 소리도 들려오지 않았다. 오빠와 얼굴을 마주하기 싫어서 집에 돌아간 걸까, 아니면…… 어젯밤에 좀처럼 잠들지 못해서, 아직도 자는 걸까…….

"하아……."

눈가가 촉촉한 유키가 침대에 누워 있는 모습을 떠올린 마사치카는 자기 동생이 그럴 리 없다며 쓴웃음을 흘리면서도, 가슴이 욱신거렸다.

위로라도 해줘야겠다고 생각한 마사치카는 침대에서 나왔다. 바로 그때였다.

"우햐아앗?!"

갑자기 발목을 잡힌 마사치카는 그대로 벌러덩 꼬꾸라졌다.

허둥지둥 바닥을 기어가서 벽을 짚은 후, 벌렁거리는 가슴을 손으로 누르며 뒤를 돌아보았다. 그러자, 침대 밑에서 한 손을 쑥 내밀며 씨익 웃고 있는 유키의 모습이 눈에 들어왔다.

"후하하하하! 시리어스 파트로 끝날 거라고 생각했느냐?! 유감이겠구나! 나는 한다면 하는 여자야!"

"이, 녀석이, 정말……!"

유키가 의기양양하게 웃음을 터뜨리자, 마사치카는 일전에 유키가 말했던 「다음에는 침대 아래에 숨어 있다가, 침대에서 내려온 순간에 발을 확 움켜잡아줄게」란 말을 떠올렸다.

그와 동시에 어젯밤에 일찍 잠든 것도 이 짓을 위해서라는 것을 눈치챘고, 분노와 수치심 때문에 얼굴이 시뻘게졌다.

방금까지 「상처 입힌 걸까……」 하고 생각했던 만큼, 그 반동은 거대했다. 역시 생각대로다. 이 여동생은 그런 일로 풀이 죽을 만큼 만만한 인간이 아니다!

"후하하하! 하~하하하…… 하아……."

바로 그때, 유키의 의기양양한 웃음소리의 톤이 낮아지더니, 침대 밑에서 내민 오른손이 바닥에 툭 떨어졌다.

유키는 그 손을 힘없이 움직이면서 비굴해 보이는 웃음

을 흘렸다.

"당겨줘."

"뭐?"

"나갈 수가 없어서 그래. 부끄럽게 내 입으로 말을 해야
겠어?"

아무래도 침대 밑에 놓아둔 옷가지와 예전 교과서가 들어
있는 상자와 침대 사이의 좁은 공간에 몸을 밀어 넣었더니,
그 사이에 꽉 낀 것 같았다. 유키는 내민 오른손을 휘저어
대며 「헤헷, 큰일 났네」 하고 말하는 듯한 미소를 머금었다.

그 모습을 본 마사치카는 환하기 그지없는 미소를 머금
더니…… 천천히 침대 위에 이불을 당겨서 유키의 안면에
씌웠다.

"으극—! 뭐하는 거야—!!"

"이게! 확 묻어버리겠어! 묻어버릴 거라고! 이게, 이게에엣!"

"우갸아아아! 홀아비 냄새! 임신하겠어!"

"할 것 같냐! 네가 무슨 유모한테 성교육을 대충 받은 온
실 속 화초냐!"

"나, 온실 속 화초 맞거든?!"

"그래, 그럼 온실 대신 침대 밑에 확 집어넣어 주마!"

"우갸아아아! 하지 마아앗—!!"

이러는 두 사람 사이에는 거북한 응어리 같은 건 눈곱만
큼도 존재하지 않았다.

남매의 공방전은, 유키를 마중 온 차가 도착할 때까지 이어졌다.

제 2 화　공은 적. 이의는 인정 못 해

"안녕~."

"응."

"어제 한 드라마 말이야~."

"아하~. 그건 재미있었어."

클래스메이트의 활기찬 목소리가 오가는 교실에서, 아리사는 평소처럼 교과서를 펼치며 수업 예습을 하고 있었다.

하지만 그녀의 시선은 아까부터 같은 곳을 몇 번이나 왕복하고 있었으며, 주의 깊게 살펴보면 집중을 못 한다는 걸 바로 알 수 있었다.

근면한 우등생인 아리사가 집중을 못 하는 이유는 단 하나다. 그것 또한, 유심히 보면 바로 알 수 있다.

드르륵!

"윽!"

교실의 문이 열릴 때마다, 아리사의 시선이 그쪽으로 향했다. 그리고 그 시선은 옆자리를 경유한 후, 자신의 교과서로 다시 향했다. 그 정도면 이해가 될 것이다.

(뭘 신경 쓰고 있는 거야……. 어차피, 평소처럼 졸린 표

정으로 나타날 게 뻔하잖아. 전혀 신경 쓸 필요 없어.)

아리사는 불안한 듯이 어깨에 걸린 머리카락을 만지작거리면서 자기 자신을 향해 그렇게 말했다. 그녀는 등교한 후로 계속 이런 짓을 반복했다.

아리사 본인도 자각하고 있었기에, 휴우~ 하고 깊게 숨을 내쉬면서 마음을 다잡았다.

(평소처럼 행동하면 돼……. 응, 그걸로 충분해.)

신경 쓰지 않기로 마음먹은 아리사가 다시 교과서를 쳐다봤을 때…… 또, 교실 문이 열리는 소리가 들렸다.

하지만, 아리사는 그쪽을 쳐다보지 않았다. 아리사는 눈앞에 있는 교과서에 집중하고 있었다. 한번 완전히 마음을 다잡으면, 아리사가 잡념에 마음이 흐트러지는 일은 웬만해선 없다.

"어, 마사치카. 왔구나."

"응, 좋은 아침."

"윽?!"

……그렇지도 않았다. 순식간에 마음이 흐트러지고 말았다.

아리사는 티가 날 정도로 흠칫했지만, 아무 일도 없었다는 듯이 교과서를 넘겼다. ……참고로 그 페이지는 오늘 수업 범위가 아니었다.

"안녕, 아랴."

"어머. 안녕, 쿠제."

그리고 마사치카가 말을 걸어오자, 그제야 눈치를 챘다
는 듯이 고개를 들었다.

태연한 척하며 「어제 일? 어머, 무슨 일 있었어?」라고
말하듯이 새치름한 표정을 지었다.

그러면서 올려다본 마사치카의 얼굴에는…….

"아, 예습 중이야?"

"으, 응…….'

……어딘가 투명한 미소가 어려 있었다.

(어? 어? 저 표정은 뭐야?)

평소와 다르게 어딘가 공허한 분위기가 감도는 마사치카
를 본 아리사는 당혹스러워했다.

"어? 왜 그래?"

"아…… 아무것도 아냐."

"그래?"

아리사가 반사적으로 얼버무리자, 마사치카는 더는 추궁
하지 않으며 앞자리에 있는 히카루와 이야기를 시작했다.

아리사는 예습을 하는 척하면서, 그런 그를 힐끔힐끔 훔
쳐봤다.

(쿠제…… 왠지, 기운이 없잖아?)

히카루와 이야기를 나누는 마사치카의 모습을 보며, 아
리사는 그런 인상을 받았다.

이야기를 나누는 내용은 평소와 마찬가지지만, 분위기가

왠지 덧없어 보였다. 신경이 쓰이지 않을 수가 없다고나 할까, 좀 멋져 보이는 느낌마저 든다고나—.

(내가 지금 무슨 생각을 하는 거야!)

갑자기 어제 하굣길에 있었던 일을 떠올린 아리사는 허둥지둥 그 기억을 머릿속에서 지웠다.

(별일 아닐 거야……. 응. 또 수면 부족이겠지.)

수면 부족으로 힘이 없는 것뿐이다. 그렇게 자기 자신을 이해시켰지만, 수업이 시작되자…….

(안 자…….)

마사치카는 조는 건 고사하고 하품도 하지 않으며, 평소와 다르게 성실히 수업을 들었다. 딱히 두고 온 물건도 없으며, 쉬는 시간에 급하게 숙제를 하지도 않았다.

그런 마사치카 탓에, 오히려 아리사의 페이스가 흐트러졌다.

평소와 마찬가지로, 하룻밤이 지나면 평소의 의욕 없는 마사치카로 되돌아올 거라고 생각했다. 그런데 그가 이렇게 성실한 태도를 보여주자, 어제 일을 떠올리지 않을 수가 없었다.

『더는 너를 외톨이로 만들지 않겠어. 이제부터는 내가 옆에서 네 버팀목이 되어줄게.』

마사치카가 한 말을, 그때 보여준 표정을, 떠올린 아리사의 볼이 순식간에 달아올랐다.

(혹시 진짜로…… 나를 위해, 평소 행실부터 고치려는 걸까……?)

문득 그런 생각이 들자, 아리사는 부끄러운 나머지 고개를 좌우로 저었다.

"쿠죠 양? 왜 그래?"

"어? 아, 미안해. 아무것도 아냐."

지금은 4교시 체육.

아리사가 배구 시합 도중에 갑자기 고개를 내젓자, 클래스메이트가 의아한 표정을 지었다. 그 시선을 떨쳐내려는 듯이, 아리사는 호를 그리며 날아온 공에 날카로운 어택을 날려서 상대편 지역에 내리꽂았다.

운동신경이 뛰어나고 키도 큰 아리사에게, 배구 시합은 독무대였다.

상대 팀에는 배구부 부원도 있지만, 전혀 밀리지 않았다. 아니, 오히려 압도하고 있었다.

하지만 공수 양면에서 엄청난 활약을 보여주면서도, 아리사는 반쯤 마음이 다른 곳에 가 있었다. 문득 정신을 차려보니, 체육관 반대편에서 시합 중인 마사치카를 쳐다보고 있었다.

(쿠제…… 괜찮을까.)

아리사는 아침부터 기운이 없어 보였던 마사치카를 걱정했다.

체육 시합은 남녀가 따로 하며, 지금은 체육관 중앙에 천장 설치형 그물을 달고 성별에 따라 나뉘어서 시합을 하고 있다. 아무리 아리사의 시력이 1.5라도, 이 거리에서 촘촘한 그물 너머에 있는 이의 얼굴을 알아볼 수는 없다.

하지만, 어찌 된 건지 아리사는 마사치카만은 알아볼 수 있었다. ……그 이유는 어찌 보면 뻔하다 싶지만, 적어도 아리사는 자각하지 못했다.

"앗……."

바로 그때, 같은 편이 날린 서브가 마사치카의 뒤통수에 정통으로 꽂혔다.

마사치카가 비틀거리며 쓰러지자, 서브를 날린 남자애가 다급히 다가갔다.

"쿠죠 양!"

"윽!"

바로 그때, 등 뒤에서 자기를 부르는 목소리에 아리사가 정신을 차려보니 같은 편이 공을 토스하고 있었다.

반쯤 무의식적으로, 낙하지점으로 이동해 공을 상대편 지역에 날리려고 했을 때…… 상대 팀의 배구부 부원이 블로킹을 하려고 점프했다는 것을 눈치챈 아리사는 예정을 변경했다. 떨어지는 공을 위쪽으로 쳐올렸다.

작은 포물선을 그리며 날아간 공은 블로킹 위를 넘어서 상대편 지역에 낙하했다. 동시에 주위에서 환성이 들려오더니, 심판을 보던 선생님이 호루라기를 불었다.

"게임 세트! B팀 승리!"

환성을 지르며 다가온 같은 편에게 손을 흔들어 보인후, 다음 시합을 위해 자리를 비켜줬다. 그렇게 벽 쪽으로이동한 아리사는 마사치카의 모습이 보이지 않는다는 것을 눈치챘다. 아무래도 체육관 밖에 있는 것 같았다.

"준비됐어? 그럼 시합 개시!"

선생님의 호루라기 소리에 맞춰 다음 시합이 시작되자,주위의 시선이 그쪽으로 몰렸다.

"……."

그 와중에, 아리사는 잠시 망설인 후…… 몰래, 체육관을 빠져나갔다.

"그러니까~『공은 친구』라는 건 환상이라고."

마사치카는 체육관 바깥 계단에 앉아서 뒤통수를 매만지며 투덜거렸다.

마사치카는 보기보다 운동신경이 좋은 편이지만, 공놀이는 옛날부터 형편없었다.

공과의 궁합이 나빴다. 친구는 고사하고, 부모 원수 수준으로 미움을 받는 느낌이 들었다.

야구를 하면, 공에 맞았다.

농구를 하면 손가락을 삐었고, 초등학생 때 피구를 하다가 추적 기능이라도 달린 듯한 변화구가 5연속으로 안면에 작렬해서 양호실행이 된 전설까지 만들었다.

마치 공이 빨려 들어오는 것 같아서, 축구에서는 골키퍼로 대활약을 한 적도 있다. 하지만 상대 팀이 슛을 할 때마다 공에 얻어맞았던 마사치카는 전혀 기쁘지 않았다.

"하아~."

고개를 푹 숙이며, 땅이 꺼지게 한숨을 내쉬었다. 그와 동시에, 마사치카의 배에서 꼬르륵~ 하는 안타까운 소리가 흘러나왔다.

"배고파……."

그렇다. 마사치카가 아침부터 힘이 없었던 것은 바로 허기 때문이다.

아리사는 무슨 일이 있었나 싶어 걱정했지만, 별일은 아니었다. 아침부터 유키와 티키타카를 하느라, 기력과 체력을 소모한 걸로 모자라, 아침을 못 먹은 바람에 배가 고플 뿐이었다.

참고로 수업 도중에 졸지 않았던 것은 어제 애니 감상회를 안 하고 일찍 잤기 때문이며, 두고 온 물건이 없는 건 유키를 마중 온 종자(어찌 된 건지 마사치카의 수업 시간표까지 파악하고 있었다)가 준비해준 덕분이다.

즉, 전부 아리사의 지나친 생각이었지만…… 그녀가 그런 자초지종을 알 리 없었다.

"쿠제, 괜찮아?"

"으응?"

느닷없이 자신을 걱정하는 목소리가 들려오자, 마사치카는 고개를 들었다. 그리고 걱정스러운 눈길로 자신을 내려다보는 아리사의 모습을 보더니, 허둥지둥 자세를 고쳤다.

"아, 아랴? 이런 데서 뭐 하는 거야……."

"네가 다친 건가 싶어서……."

"아, 봤구나……. 딱히 다친 건 아닌데……."

마사치카는 꼴사나운 장면이었다는 걸 알기에 마음이 좋지 않아서 고개를 푹 숙였다. 그런 마사치카의 옆에 앉은 아리사가 걱정스러운 표정으로 그를 걱정했다.

"정말 괜찮은 거야? 양호실에 갈래?"

"아, 괜찮아. 체육관이 더워서 나왔을 뿐이야. 좀 쉬었다가 돌아갈게."

"……그래. 실례할게."

"어, 앗……?"

아리사가 갑자기 자기 얼굴을 향해 손을 내밀자, 마사치카는 반사적으로 몸을 뺐다. 다음 순간에 그의 앞 머리카락이 걷어 올려지더니, 서늘한 손이 이마에 닿았다.

열기를 머금은 몸에 서늘한 감촉이 닿자, 기분이 좋았

다. 무심코 눈을 가늘게 뜬 마사치카의 앞에서, 자기 이마에도 손을 대며 체온 차이를 잰 아리사는 몇 초 후에 미간을 살짝 찌푸리며 손을 뗐다.

"이 방법으로는 잘 알 수 없네."

"그, 그래……?"

어깨를 으쓱한 아리사는 자기 무릎을 감싸 안았다. 자기를 신경 써주는 아리사를 본 마사치카는…….

(E컵…… 진짜인가?)

그런 저질 같은 생각을 하고 있었다. 그리고 뚫어지게 쳐다봤다. 아리사의 새하얗고 긴 다리에 맞닿아 있는 두 언덕을 말이다.

마사치카는 어젯밤에 유키가 했던 말을 떠올렸다. 전부터 동급생 여자애 중에서도 꽤 크다고 생각했지만, 여동생이 알려준 크기 정보는 사춘기 남자애에게 너무 자극적이었다.

(아니, 잠깐만 있어 봐……. 추정이란 건, 더 클 가능성도 있다는 거잖아?!)

마사치카는 평소보다 사춘기 느낌 물씬 나는 생각에 빠져 있었다. 일설에 따르면 식욕과 성욕은 연동된다고 하니, 어쩌면 그 영향일지도 모른다.

그런 마사치카의 흑심에 찬 생각을 알 리 없는 아리사는 쓸어 올렸던 머리카락에서 손을 뗐다. 그리고 머리 뒤편으로 모아 묶은 머리카락을 천천히 풀더니, 헤어 고무밴드를 입에 물고 다시 머리카락을 묶기 시작했다.

그 순간, 마사치카의 눈앞에 드러난 무방비한 목덜미와 체육복 소매 틈새에 자리한 새하얀 겨드랑이가 보였다.

(아, 아니이이잇—?! 겨드랑이 슬쩍?! 이 녀석, 노리고 이러는 건가! 노리고 이러는 건가?!)

그럴 리가 없다. 애초에 아리사는 『겨드랑이 슬쩍』이라는 개념을 모를 것이다. 마사치카도 그건 안다.

하지만 알기에, 본인이 무의식적으로 하는 행동이기에…… 그 파괴력은 범상치 않았다.

마사치카는 무심코 마른침을 삼켰다. 아리사가 머리카락을 다시 묶는 동작에 맞춰, 소매가 흔들렸다. 그에 따라 슬쩍슬쩍, 겨드랑이와 가슴의 경계선이 보였다.

(유키…… 바로 이런 거라고!!)

역시 슬쩍슬쩍~이야말로 정의라고 마사치카는 확신했다. 바로 그때, 머리카락을 헤어 고무밴드로 묶은 아리사가 팔을 내리며 고개를 가볍게 내저었다.

"……왜 그래?"

"아, 아무것도 아냐……."

그제야 마사치카의 시선을 눈치챈 아리사가 몸을 살짝

뺐다. 마사치카는 입이 떨어지지 않았기에 시선만 허둥지둥 돌렸다.

그런 마사치카를 보며 의아한 표정을 짓고 있던 아리사는 더는 별말 하지 않았고, 문득 뭔가가 생각난 표정을 지으며 몸을 일으켰다.

"일단 물이라도 좀 마셔."

"어, 아, 응……."

마음속으로 「저기, 일사병이나 탈수증 증상은 없는데?」하고 생각하면서도, 평소보다 상냥한 아리사의 태도에 양심의 가책을 느낀 마사치카는 순순히 그녀를 따라갔다.

체육관 건물을 돌아서 교정과 체육관 사이에 설치된 세면장으로 간 후, 수도꼭지를 돌려서 물을 나오게 했다. 포물선을 그리며 뿜어진 차가운 물이 입에 닿자, 그제야 목이 마르다는 것을 깨달은 마사치카가 꿀꺽꿀꺽 물을 마셨다. 아무래도 몸의 수분이 상당히 고갈된 상태였던 것 같았다.

(의외로 아랴의 판단이 옳았을지도 모르겠는걸.)

마음속으로 그렇게 생각하며 물을 잠근 마사치카는 팔로 입가를 닦으며 별생각 없이 옆을 보더니…….

(Oh…….)

옆에서 물을 마시고 있는 아리사의 모습을 목격한 바람에 말문이 막히고 말았다.

허겁지겁 물을 마신 마사치카와 달리, 아리사는 살짝만 튼 물줄기를 새가 쪼아 먹듯 입으로 받아먹고 있었다. 그러면서 내리뜬 눈에는 속눈썹이 드리워져 있었다. 그리고 비단실 같은 은발을, 손가락으로 귀 뒤편으로 쓸어 넘기는 모습 또한 요염했다.

게다가 희미하게 땀이 밴 새하얀 피부와 상체를 숙이는 것에 맞춰 존재감을 과시하듯 출렁인 가슴 등의 자극이 어마어마했기에, 사춘기 남자애인 마사치카는 허기나 더위와 다른 무언가 때문에 어질어질했다.

"휴우……."

목을 축인 아리사가 수도꼭지를 잠그며 몸을 일으켰다. 그리고 옆에서 들려오는 물소리에 별생각 없이 고개를 돌려보니…….

"……."

"어, 잠깐만, 쿠제?!"

수도꼭지를 한껏 틀어놓고 물을 머리에 끼얹고 있는 마사치카의 모습이 눈에 들어왔다.

몇 초 후, 수도꼭지 아래편에서 얼굴을 빼더니, 뒤통수에서부터 머리카락을 쓸어 올려서 물방울을 털어냈다.

"뭐, 뭐 하는 거야?"

"그게…… (물리적으로) 머리 좀 식힐까 해서 말이야."

머리카락과 턱에서 물방울이 방울져 떨어지는 가운데,

마사치카는 침울한 표정으로 그렇게 말했다. 그 기묘한 분위기를 접한 아리사는 「그, 그래……」 하고 중얼거릴 수밖에 없었다.

"어머나. 쿠제, 무슨 일이야~? 촉촉한 미남 모드?"

바로 그때, 갑자기 들려온 귀에 익은 목소리에 놀란 마사치카는 고개를 돌려보더니…… 그대로 하늘을 우러러보았다.

"안녕하세요, 마샤 씨. 머리 좀 식히는 것뿐이니까 신경 쓰지 마세요."

그의 눈에 들어온 건, 교정에서 체육을 하고 있었던 것 같은 체육복 차림의 마리야였다. 목에 건 흰 수건으로 얼굴을 닦으면서, 얼굴째 시선을 돌린 마사치카를 보고 고개를 갸웃거렸다.

"왜 그래? 하늘에 뭐라도 있어?"

"구름이 있네요."

"그러네."

"왜 그런 당연한 소리를 하는 건데……."

아리사가 어이없다는 투로 그렇게 말했지만, 나는 고개를 내릴 수가 없었다. 왜냐하면 누님의 누님이 매우 누님스러웠기 때문이다.

(체육복은…… 정말 멋진 거구나.)

체육 수업을 남녀가 따로 하는 이유를 알 것 같다. 이런 걸 입은 사람이 주변에 있다간, 건장한 남자 고등학생은 수업에 집중할 수 있을 리가 없다.

마사치카는 그윽한 눈길로 하늘을 쳐다보며 멍하니 그런 생각을 했다.

"흠뻑 젖었네……. 수건은 있어?"

"아, 없어요. 자연건조로 말리죠, 뭐……."

멍한 상태인 마사치카는 마리야의 질문에 대충 답했다. 그렇게 얼이 나가 있었던 탓에…… 즉시 반응하지 못했다.

"자아~, 고개 숙여~."

"어? 우왓, 풉!"

정신을 차리고 보니, 마리야는 숨결이 느껴질 만큼 가까이 다가와 있었다. 가까운 곳에서 들리는 그 목소리에 반사적으로 반응하며 고개를 내린 순간, 누군가가 마사치카의 머리에 수건을 씌우고 닦아줬다.

(이, 이게 뭐야?! 이런 이벤트, 본 적도 없다고!)

미인 선배가 머리를 닦아준다고 하는 예상을 초월한 전개에, 마사치카는 완전히 혼란에 빠졌다.

하지만 머릿속이 혼란에 빠지더라도, 본능은 정직했다. 마사치카의 시선은 수건 틈 사이로 보이는 마리야의 어엿한 누님에 못 박혀 있었다.

"자아, 끝~."

"우, 왓."

그것을 눈치챈 건지는 모르겠지만, 마리야는 동그랗게 만든 수건으로 마사치카의 얼굴을 닦아주며 만족한 듯이 고개를 끄덕였다.

"어때? 개운해?"

"아, 뭐……. 그리고, 왠지 개의 심정이 이해될 것 같아요."

"어머나~. 아키타견이야?"

"아, 견종까지는 모르겠지만…… 버릇없는 똥개라 죄송해요."

"응? 개구쟁이 멍멍이도 나름 귀여운데?"

"하하하……."

선배가 미묘하게 핀트가 어긋난 순진무구한 발언을 입에 담자, 마사치카는 더욱 죄책감에 사로잡혔다. 이런 성모 같은 선배에게 엉큼한 시선을 보냈다는 게, 참 송구스러웠다.

바로 그때, 뒤편에서 마사치카의 팔을 잡아당긴 누군가가 약간 굳은 목소리로 이렇게 말했다.

"그럼 돌아가자, 쿠제. 마샤도 슬슬 수업을 다시 받으러 가야 하지 않아?"

"으음~. 이 언니는 방금 여기 왔는데?"

"으…… 뭐, 됐어. 우리는 이만 가볼게."

"그래~. 방과 후에 봐~."

"아, 네. 나중에 봐요. 머리 닦아줘서 감사해요."

방긋방긋 웃으며 손을 흔드는 마리야에게 인사한 마사치

카는 아리사에게 질질 끌려가듯 체육관으로 돌아갔다.

(아하~ 이건 그거구나. 『불결해』나 『엉큼해』 같은 소리를 듣는 경우야.)

팔을 잡힌 채 아리사의 뒤를 따라가던 마사치카는 모멸에 찬 시선을 받게 될 것을 각오했다. 마리야를 엉큼한 눈길로 쳐다봤다는 것을 자각하고 있긴 하기에, 반론을 할 수가 없었다.

그 예상을 긍정하듯, 아리사는 체육관 근처에 와서 우뚝 멈춰선 후에 마사치카를 돌아봤다.

"저기…… 이제 괜찮아?"

"뭐?"

"머리에 공을 맞았잖아. 제대로 냉찜질을 안 해도 되겠어?"

"……아!"

마사치카는 그제야 눈치챘다. 아리사는 공에 맞은 부위를 식히려고 자기가 찬물을 뒤집어썼다고 여기는 것이다.

(말도 안 돼. 착각 한번 절묘하게 하네!!)

아리사가 약간 굳은 시선으로 쳐다보면서도 걱정해주자, 마사치카는 여러 의미에서 송구하기 그지없었다. 저 올곧은 시선을 똑바로 바라볼 수 없었기에, 시선을 피하며 대답했다.

"아~ 저기, 괜찮아. 혹은 안 났거든."

"……정말이야?"

"지, 진짜로 괜찮다니까 그러네!"

마사치카의 떨떠름한 대답이 미덥지 않은 듯한 아리사가 직접 만져보고 살피려 하자, 그는 부리나케 거리를 벌렸다.

(뭐야? 왜 이렇게 상냥한 건데?! 데레 시즌인가? 츤 파트가 끝나고 데레 파트가 온 건가?!)

평소보다 상냥한 아리사의 행동에 그렇게 태클을 날리는 것과 동시에, 어제 고백(?)과 볼 키스(?)가 뇌리에 떠오른 마사치카는 허둥지둥 그 생각을 지웠다.

(아니, 이건, 하지만…… 이렇게 된 이상, 직접 확인해보는 편이 좋을까?)

슬금슬금 아리사와 거리를 벌린 마사치카는 도박에 나섰다.

"저기~ 아랴 양? 오늘 왠지 평소보다 상냥한 거 아니에요?"

마사치카가 그렇게 묻자, 아리사는 움찔하며 움직임을 멈췄다.

(어때?! 아랴라면 분명 「그냥 좀 걱정했을 뿐이야」 하고 말하며 원래대로 되돌아올 거야!! 절대로 「그야, 내가 너를~~」 같은 소리를 할 리 없어! 틀림없다고!)

마사치카가 마른침을 삼키는 가운데, 미간을 좁히며 고개를 돌린 아리사는 머리카락 끝을 손가락으로 만지작거리며 말했다.

"그야, 아침부터 기운이 없어 보였으니까…… 무슨 일

있는 건가 싶어서, 조금 걱정했을 뿐이야."

"응? 아, 아~하⋯⋯."

그 순간, 마사치카는 모든 사태를 파악했다. 그와 동시에, 자기가 취할 행동도 깨달았다.

"그래⋯⋯. 눈치챘구나⋯⋯."

"무슨 일, 있었어?"

"응, 실은 말이지⋯⋯."

걱정스러운 표정을 짓는 아리사의 앞에서, 이마에 손을 대며 쓸데없이 심각한 표정을 지은 마사치카가 중대한 고백을 하는 듯한 톤으로 말했다.

"배가 고파서⋯⋯ 힘이 안 나."

"⋯⋯뭐?"

"배가 고파서⋯⋯ 힘이, 안 난⋯⋯!"

그 직후, 방금 대량의 물을 섭취한 마사치카의 배에서 꼬르르르륵~ 하는 웅장한 소리가 흘러나왔다.

그 소리를 듣고 얼이 나간 아리사의 표정이 굳더니, 눈썹이 하늘 높이 치솟았다. 어젯밤부터의 이런저런 일이 뇌리에 떠오르더니, 분노와 수치심 탓에 볼이 새빨갛게 달아올랐다.

"그래⋯⋯. 웬일로 성실하게 수업을 듣나 했더니⋯⋯ 배가 고파서 졸지 못했던 거구나⋯⋯?"

한때나마 「혹시 나를 위해 성실해진 걸까?!」 같은 생각을 한 자신이 부끄러운 아리사가 땅을 기는 듯한 목소리로 그렇게 묻자, 마사치카는 사람을 열받게 만드는 어리둥절한 표정을 지으며 고개를 갸웃거렸다.

"아, 그건 어젯밤에 잘 자서 그래."

"……흐음, 아하."

그래, 잘 잤구나.

자신은 어제 하굣길의 일로 머릿속이 복잡해서 좀처럼 잠들지 못했는데 말이다. 이 불성실 느긋남은 그런 건 전혀 개의치 않으며 퍼질러 잤다는 것이다. 그래, 그랬구나…….

시퍼런 힘줄이 돋아난 아리사가 온몸을 부들부들 떨자, 마사치카는 미소를 머금으며 타이르듯 말했다.

"잘 들어, 아랴. 하느님께서는 이런 말씀을 하셨어."

"무슨 말씀? 설마 「네 이웃을 사랑하라」 같은 소리라도 늘어놓으려는 거야?"

"아냐. 하느님께서는 말씀하셨지…… 「오른쪽 뺨을 때리거든, 왼쪽 뺨을 내밀어라」라고 말이야."

투명한 미소를 머금으며 그렇게 말한 마사치카는 아무 말 없이 자기 왼뺨을 내밀었다. 그 모습을 본 아리사는 주저 없이 오른손을 치켜들었다.

"배짱 한번, 좋네!!"

"감사합니다~!"

아리사는 마사치카가 내민 왼뺨에 주저 없이 따귀를 날

렸다. 그리고 어찌 된 건지 마사치카는 따귀를 맞고 그대로 날아가면서 감사 인사를 했다.

"하아, 정말! 빨리 수업이나 들으러 가지 그래?!"

거칠게 한숨을 내쉰 아리사는 쓰러진 마사치카를 내버려둔 채 뒤돌아섰다.

(저질! 완전 저질!! 역시, 저런 실없는 애를 누가 좋아하겠냔 말이야!)

역시 어제는 정신이 나갔던 거란 확신을 가진 아리사가 체육관으로 돌아갔다. 그 뒷모습을 보며 비틀비틀 몸을 일으킨 마사치카는…….

(다행이야. 평소의 아랴로 되돌아왔어.)

그렇게 생각하며, 가슴을 쓸어내렸다.

"아랴 양? 같이 학생회실에 가지 않겠어, 요?"

방과 후. 마사치카가 머뭇거리며 그렇게 말을 건네자, 아리사는 날카롭게 그를 째려본 후에 고개를 끄덕였다.

아직 4교시의 앙금이 남아있는 듯한 아리사는 아무 말 없이 가방을 들고 몸을 일으키더니, 그대로 성큼성큼 교실에서 나갔다.

마사치카는 종자처럼 그 뒤를 따르면서 마음속으로 「좀

심했나」하고 생각했다. 그리고 학생회실이 보이기 시작했을 즈음, 마침 실내에서 여러 남학생이 나왔다.

"""실례했습니다!!"""

그리고 떨리는 목소리로 일제히 실내를 향해 고개를 숙인 후, 다급히 두 사람이 있는 쪽으로 걸어왔다.

"어라……?"

그들은 어제 격렬히 다투던 야구부와 축구부의 간부들이었다. 그들을 알아본 아리사가 걸음을 멈추자, 마사치카는 그녀의 옆에 나란히 섰다. 하지만 그들이 잔뜩 겁먹은 듯한 표정을 짓고 있다는 것을 눈치챈 두 사람은 고개를 갸웃거렸다.

그와 동시에 상대방도 두 사람을 알아보고 퍼뜩 놀란 표정을 짓더니, 일제히 달려왔다. 마사치카는 반사적으로 아리사를 감싸듯 앞으로 나섰지만, 다음 순간에 벌어진 것은 뜻밖의 사태였다.

"""잘못했습니다아아앗—!!"""

그들은 두 사람 앞으로 오더니, 일제히 아리사를 향해 고개를 숙였다. 허리를 90도로 꺾으며, 진심으로 사죄한 것이다. 그 모습에 운동부답다는 생각도 들었지만, 그 기세가 너무 격렬해서 무서울 지경이었다.

"저기~ 선배? 뭐가 어떻게 된 거예요?"

일단 아는 사이인 야구부 주장에게 마사치카가 묻자, 그는 천천히 고개를 들며 말했다.

"저기…… 정말 미안해, 쿠죠 양. 어제는 흥분한 나머지, 우리가 너무 심한 말을 했어. 차분하게 이야기를 나눴어야 했다고 반성 중이야. 정말 미안해!"

"우리도 네 이야기에 귀를 기울였어야 했어. 사과할게."

이어서 축구부의 주장도 사과를 했고, 또 일제히 고개를 숙였다. 그 기백에 질린 아리사는 머뭇거리며 고개를 끄덕였다.

"이제, 괜찮아요. 고개를 드세요."

"""네! 실례하겠습니다!!"""

그러자 또 힘차게 인사를 한 그들은 군대처럼 절도 있는 동작으로 돌아갔다.

"대체 뭐야……?"

마사치카가 얼이 나간 표정으로 뒷모습을 쳐다보자, 아리사는 또 미묘하게 언짢아하면서도 작은 목소리로 말했다.

"저기…… 고마워. 나를 감싸주려고 한 거지?"

"응? 아…… 신경 쓰지 마."

가볍게 흘려 넘기며 어깨를 으쓱한 마사치카는 아리사의 분위기가 약간 부드러워진 것 같아 안도했다.

【……멋졌어.】

이 타이밍에 기습! 긴장을 푼 순간이었던 탓에 그 위력은 두 배!

(아, 응…… 펴, 평소와 다름, 없네…….)

마음속으로 토혈을 한 마사치카는 자기 표정을 보여주지 않기 위해 앞장서며 학생회실로 향했다.

"실례하겠습니다."

그리고, 학생회실의 문을 열자—.

"어?"

엄청난 살기를 뿜고 있는 여자 불량배 두목이 눈에 들어왔기에, 굳어버렸다. 검은색 단발머리에 단정하면서도 어딘가 씩씩한 외모. 늘씬하고 큰 키와, 슬렌더 느낌의 모델 체형. 언뜻 보면 프로 모델 같은 미소녀지만, 그 모습은 영락없는 여자 불량배 두목…… 같아 보였다.

마사치카를 향한 그 날카로운 눈은 피에 굶주린 맹수처럼 번들거리고 있었고, 서 있는 자세에서도 전혀 빈틈을 찾을 수 없었으며, 주위의 공간이 일그러져 보일 정도의 귀기를 뿜고 있었다. 게다가…… 어깨에, 죽도를 걸치고 있었다.

(큰일 났다. 죽을 거야.)

본능적으로 그렇게 생각했다. 그리고 마사치카는 순간적으로, 자기 몸을 지킬 최선의 행동을 선택했다.

딱딱하게 굳은 볼로 억지 미소를 지어서, 적의가 없다는 것을 드러냈다. 또한, 상대를 자극하지 않도록 상냥한 목소리로 한마디 했다.

"죄송합니다. 잘못 찾아온 것 같네요."

그리고, 마사치카는 슬며시 문을 닫았다.

제 3 화) 　이해가 되시려나……

"저기…… 미안해. 귀에 익지 않은 남자애의 목소리라서, 또 야구부나 축구부 녀석들이 온 건가…… 싶었거든. 이해 하지?"

그렇게 말하며 멋쩍게 웃은 이는 우리의 여자 불량배 두목님…… 아니, 고등부 학생회 부회장인 사라시나 치사키 였다.

아까 전의 살기를 거둔 그녀가 한쪽 눈을 찡긋 감고 얼굴 앞으로 손을 들며 사과하자, 맞은편에 앉아 있던 마사치카도 어깨에 들어간 힘을 약간 뺐다.

"하아…… 으음, 그들이 무슨 짓을 했는데요?"

"응? 그건 네가 더 잘 알지 않아?"

"네?"

마사치카가 고개를 갸웃거리자, 치사키는 마사치카의 옆에 앉은 아리사를 쳐다보며 말했다.

"내 귀여운 후배가 중재하러 갔는데, 그 녀석들은 들은 척도 안 하며 꼴사나운 언쟁이나 벌여댔다며? 그건 우리 학생회에게 싸움을 거는 거나 다름없거든? 뭐, 그래서 자근자근 짓밟…… 으흠! 주의를, 좀 줬어.”

방금 짓밟았다고 말했지?

머릿속에 떠오른 의문을 제쳐둔 마사치카는 옆에 놓인 죽도를 쳐다보며 말했다.

“……그랬군요. 아니, 하지만…… 죽도까지 쓰는 건 좀 지나치지 않나요?”

“뭐? 아니, 그게…… 아하하.”

치사키는 그 말을 듣고 멋쩍은 표정을 짓더니, 억지로 밝은 목소리로 말했다.

“괘, 괜찮아! 내 주먹에 맞으면 사람이 죽지만, 죽도로는 사람이 안 죽거든!”

“……그런가요.”

“응. 사람이 망가지기 전에, 죽도가 먼저 망가져!”

“하하하…….”

“하하…… 아아~, 응.”

마사치카가 메마른 웃음을 흘리자, 자기가 말실수를 했다는 것을 깨달은 치사키가 억지 미소를 지으며 시선을 피했다.

만약 유키가 이런 소리를 했다면, 마사치카도 「아니, 뭐가 괜찮다는 건데~」 하고 태클을 날려줬겠지만…… 이 상황에서 치사키가 저런 소리를 하니 웃을 수가 없었다. 아니, 농담처럼 들리지 않았다.

사라시나 치사키. 고등부 2학년이 자랑하는 학년 2대 미녀 중 한 명이자, 일부 남학생이 두려워하는 존재. 그리고 교내 굴지의 잘생긴 여성으로 여학생들 사이에서 절대적인 인기를 자랑하는 학생이다.

　별명은『학교의 정모(征母)』. 원래는 여장부라 쓰고 돈나라고 불렀는데, 작년에『학교의 성모』인 마리야가 입학하면서 이걸로 바뀌었다고 한다. 중등부 시절에는 선도위원장이었으며, 학생회 부회장이 된 지금은 주로 각 부의 주장 및 부주장으로 구성된 부활동회를 통솔하고 있다.

　(일부 여자애에게 언니라 불리는 한편으로, 일부 남자애에게 누님이라 불린다던데…… 이해가 돼.)

　아까 전의 야구부와 축구부의 반응과 살기 어린 치사키의 모습을 떠올린 마사치카는「완전 야쿠자 누님이었어」하며 납득했다.

　과거에 반에서 일어난 집단 괴롭힘 문제를 힘으로 해결했다거나, 문화제에 난입한 불량배 그룹 십여 명을 혼자서 진압했다거나, 수학여행으로 간 홋카이도에서 학생에게 달려들던 흥분한 소를 맨손으로 막았다거나…….

　수많은 일화를 지닌 그녀의 가장 유명한 무용담은, 하교 도중에 유괴당할 뻔한 세이레이 학원의 여학생을 직접 구출한 에피소드일 것이다.

　다른 일화는 진짜인지 수상하지만, 이것은 틀림없는 사

실이다. 왜냐하면 경찰로부터 감사장을 받은 것이다.

게다가 당시의 신문에 기사가 실리기도 했다.

그런 이야기와 아까 상황을 보면, 폭력으로 먹고 사는 뒷세계 누님…… 같은 인물이지만, 후배 두 명이 보내는 미묘한 시선에 안절부절못하는 모습을 보면 그렇지도 않은 것 같았다.

"으, 으으…… 토우야~."

이 말로 형용할 수 없는 분위기를 견디다 못한 건지, 치사키가 한심한 목소리로 연인에게 도움을 청했다.

연인의 구원 요청에 학생회실 안쪽, 창문을 등진 회장석에 앉아 있던 토우야가 쓴웃음을 머금으며 입을 열었다.

"너무 그렇게 얼어붙지 마, 쿠제. 치사키는 그들에게 폭력을 가하지 않았어. 그저, 폭력을 무기 삼아 위협을 했을 뿐이지."

"잠깐만, 토우야?!"

"농담이야."

치사키가 눈을 치켜뜨자, 토우야는 장난스레 웃었다. 놀림을 당했다는 것을 눈치챈 치사키는 미간을 찌푸리며 몸을 일으키더니, 재빨리 책상 뒤편으로 돌아가서 토우야의 어깨를 찰싹찰싹 때리기 시작했다.

"정말! 정말!"

"하하, 미안해."

연인의 훈훈한 사랑싸움을 본 마사치카는 실소를 흘렸다.

"하아, 정말!"

"하하, 치사키? 어깨 빠져. 빠지겠다고."

훈……훈? 아니, 좀 위험한 소리가 들렸다.

찰싹찰싹이 아니라 우직우직이다. 충격이 정확하게 전달되는 소리가 들렸다.

그리고 그때마다 토우야의 다부진 몸이 흔들렸다. 그런데도 웃으며 연인을 말리는 토우야의 모습에서, 마사치카는 남자다움을 느꼈다.

"미안해~. 좀 늦은 것 같네."

바로 그때, 마리야가 들어왔다. 문을 열고 정면에 있는 토우야와 치사키를 보며 눈을 끔뻑이더니, 곧 옅은 미소를 머금었다.

"어머어머, 치사키. 회장. 학생회실에서는 애정 표현 좀 적당히 해."

이 폭력적인 광경을 『애정 표현』으로 치부하며 넘기는 마리야의 모습에서, 마사치카는 마이페이스함을 느꼈다.

하지만 치사키한테는 그 말이 먹힌 건지, 「그, 그런 거 아니거든?!」 하고 말하며 토우야한테서 떨어졌다. 그리고 그제야 상황을 파악한 그녀는 눈을 살짝 내리깔더니, 어깨를 주무르는 토우야에게 말했다.

"미, 미안해. 많이 아팠어?"

"응? 아, 괜찮아. 어깨가 결렸는데, 덕분에 풀렸는걸."

토우야는 아픈지 얼굴이 살짝 굳었지만, 웃으면서 어깨를 빙빙 돌렸다. 그 남자다움에, 마사치카는 하마터면 반할 뻔했다.

"정말 미안해……. 힘 조절을 제대로 못 했어."

"(무슨 전투 민족이냐고.)"

"괜찮아. 그러려고 몸을 단련하는 거잖아. 얼마든지 때려도 돼."

"(연인을 위해 단련한다는 게 이런 의미였구나.)"

"토우야……."

"(어? 달콤한 분위기가 흐를 요소가 있었어?)"

마사치카가 작은 목소리로 태클을 날리자, 아리사가 그의 팔꿈치 언저리를 잡아당겼다. 고개를 돌려보니, 미묘하게 입가가 꿈틀거리고 있는 아리사가 도끼눈으로 쳐다보며 고개를 젓고 있었다.

마사치카는 비난하는 듯한 시선을 받으며 훗 하고 웃더니, 어깨 너머로 치사키 쪽을 시선으로 가리키며 말했다.

"(저기, 사라시나 선배는 딱 봐도 야쿠자 누님 같은 이미지잖아. 역시 가슴에 브래지어 대신 사라시[#1]를 감았을까?)"

"(왜 그렇게 생각하는데?)"

"(그야 그러면 사라시한 사라시나 선배가 되잖아.)"

#1 사라시(さらし) 속옷 대신 가슴에 감는 천.

"푸훕! 으~~~~!!"

무심코 웃음을 터뜨린 아리사는 수치심 탓에 얼굴을 붉히며 마사치카의 팔을 찰싹 소리가 나게 때렸다.

"어머어머, 사이가 참 좋네~."

"사, 사이가 좋기는 무슨."

"훗, 네 언니에게는 우리의 친밀함을 숨길 수 없는 것 같은걸☆?"

"짜증 나."

어설프게 윙크하는 마사치카를 향해 아리사가 딱 잘라 그렇게 말했을 때, 학생회실에 노크 소리가 울려 퍼지더니 유키가 안으로 들어왔다.

"실례할게요. 늦어서 죄송해요."

"어, 아냐. 개의치 말라고, 스오우."

토우야는 그렇게 말하며 자리에서 일어나더니, 회장 전용 책상에서 다른 이들이 둘러앉아 있는 책상 쪽으로 이동했다.

문 쪽에서 봤을 때, 가장 안쪽에 있는 주인공 자리에 토우야가 앉았다. 그 오른편에 마리야, 아리사, 마사치카가 앉았으며, 왼편에는 치사키와 유키가 나란히 앉았다. 그렇게 전원이 자리에 앉자, 토우야가 입을 뗐다.

"그럼 학생회 회의를 시작하지."

"""잘 부탁드립니다."""

"그럼, 쿠제. 다시 자기소개를 해주겠어?"

"네."

토우야의 말에 따라, 마사치카가 자리에서 일어났다.

"서무로서 학생회에 참가하게 된 쿠제 마사치카라고 합니다. 취미는 오타쿠 취미 전반이며, 유행하는 애니메이션이나 만화는 대부분 섭렵하고 있습니다. 그리고……."

바로 그때, 옆에 앉아있는 아리사에게 시선을 보내며 선언했다.

"내년에는 여기 있는 쿠죠 아리사 양과 함께 회장 선거에 입후보할 생각입니다. 잘 부탁드립니다."

"그래, 잘 부탁해."

"잘 부탁해~."

"잘 부탁할게~."

선배들은 미소를 머금으며 훈훈한 박수를 보내줬다. 그리고 유키는 선배들과 마찬가지로 박수를 보내면서도 감정이 어리지 않은 미소를 머금었으며, 아리사는 그런 유키를 지그시 응시했다.

"그럼 이참에 다른 멤버도 간단히 자기소개를 하기로 할까."

토우야는 그렇게 말하며 전원의 표정을 둘러봤고, 이의를 표하는 이가 없자 마사치카를 향해 고개를 돌렸다.

"회장인 켄자키 토우야다. 요즘 취미는 근력운동이지. 잘 부탁해."

"부회장인 사라시나 치사키야. 취미는…… 검도일까? 잘 부탁할게."

"서기인 쿠죠 마리야야. 취미는 귀여운 것을 모으는 거야. 아, 만화도 순정만화 쪽은 꽤 즐겨. 잘 부탁해."

"홍보를 맡은 스오우 유키예요. 취미는 피아노와 꽃꽂이예요. 잘 부탁드릴게요. 마사치카 씨."

"……회계인 쿠죠 아리사야. 취미는 독서야. 잘 부탁해."

전원이 자기소개를 마치자, 마사치카도 가볍게 고개를 숙였다.

(그건 그렇고, 이렇게 모여 있으니 장관인걸.)

무심코 감탄이 터져 나올 것 같을 정도로 대단하다. 뭐가 대단하냐면, 여성 멤버의 안면 표준 점수가 말이다. 세이레이 학원의 기나긴 역사 속에서도, 전례가 없는 수준 아닐까.

게다가 전원의 타입이 완전히 나뉘었다. 사진을 찍어서 방송국에라도 보내면, 『너무나도 아름다운 학생회』라는 식으로 취재하러 올 것 같을 정도다.

"그럼 쿠제. 오늘은 언니 쿠죠와 함께 다니면서 일을 해 주겠어?"

"네."

"미안한걸. 중등부 학생회 부회장 출신인 너라면 금방 익숙해지겠지만, 한동안은 다른 멤버를 따라다니며 일을 익히도록 해."

"역시 일손이 부족한 건가요?"

"그래. 솔직히 말해 턱없이 부족해. 덕분에 직책에 맞춘 분업도 되지 않는 상황이지."

"뭐, 보통 서기와 회계는 여럿이서 담당하니까요……. 괜찮아요. 따지고 보면 서무는 심부름센터 같은 거니까요. 중등부 1학년 때도 서무여서 익숙해요."

"오오, 그거 믿음직한걸."

토우야가 웃으며 그렇게 말했을 때, 유키가 입을 열었다.

"회장님. 말씀 도중에 죄송한데, 저는 예의 전시회 관련으로 미술부와 협의를 하러 갈까 해요."

"응? 아, 부탁할게."

"네. 그리고…… 예산 이야기도 해야 할 것 같으니, 아랴 양도 동행해줬으면 해요."

"어?"

느닷없이 자기가 언급되자, 아리사는 눈을 깜빡였다. 하지만 유키의 표정에서 뭔가를 눈치챈 건지, 곧 진지한 표정을 지으며 고개를 끄덕였다.

"……알았어. 회장님, 잠시 다녀오겠어요."

그리고, 둘이서 학생회실을 나섰다.

(……이거, 뭔가 일이 터지겠는걸.)

두 사람의 등을 쳐다보는 마사치카의 가슴속에서 일말의

불안감이 치밀어 올랐다. 하지만 그것은 무사태평하기 그지없는 푸근한 목소리에 휘말려 사라졌다.

"자아~. 그럼 쿠제는 이쪽으로 와~. 웰컴~."

아까까지 아리사가 앉아 있던 자리를 손바닥으로 두드린 마리야는 치유 분위기로 가득 찬 미소를 머금었다. 무심코 긴장을 풀게 만드는 그 목소리에 쓴웃음을 머금으며, 마사치카는 자리에서 일어났다.

방과 후의 복도를, 아리사는 유키의 뒤를 따르며 걷고 있었다.

유키는 회의에 동행해 달라는 명목으로 아리사를 데리고 나왔다. 하지만 그 말을 액면 그대로 받아들일 만큼, 아리사는 둔하지 않았다.

유키가 자기를 데리고 나온 데에는 다른 이유가 있다. 그 이유도, 아리사는 어렴풋이 눈치챘다. 하지만, 유키의 등에서는 먼저 이야기를 꺼내려는 의지가 느껴지지 않았다.

(그래……. 내가 먼저 이야기를 꺼내야 할 거야.)

잠시 눈을 감으며 결심을 다진 후, 아리사는 앞장서고 있는 유키에게 말을 건넸다.

"유키 양, 잠시 이야기 좀 나누지 않겠어?"

예상대로라고 해야 할지, 뒤를 돌아본 유키의 얼굴에는 놀란 기색이 없었다. 조용히 미소 지으며 아리사의 말에 고개를 끄덕인 그녀는 별다른 의문도 품지 않으며 옆을 쳐다보더니, 근처에 있는 빈 교실을 시선으로 가리켰다.

"좋아요. 여기서는 좀 그러니, 저 빈 교실로 갈까요?"

"그래."

유키가 먼저 빈 교실에 들어간 후, 뒤따라 들어간 아리사는 문을 닫았다. 석양이 스며드는 교실 안에서 마주 선 두 사람. 먼저 입을 연 이는, 역시 아리사였다.

"나, 쿠제와 함께 회장 선거에 입후보하기로 했어."

아리사는 도전적인 표정으로 당당히 선언했다. 그러자 유키는 변함없이 미소를 머금은 채 고개를 끄덕였다.

"네, 알고 있답니다. 어제, 마사치카 씨가 직접 말해줬어요."

"⋯⋯그래."

유키의 말에 눈썹이 희미하게 흔들렸지만, 아리사는 짤막하게 답하며 고개를 끄덕였다. 아리사가 그 후로 입을 다물자, 유키는 고개를 갸웃거렸다.

"으음, 그게 전부인가요?"

"⋯⋯응. 양심에 가책을 받을 짓은 하지 않았으니까, 사과할 마음은 없어. 그저, 내 입으로 똑똑히 말해두고 싶었을 뿐이야."

"후후, 그런가요."

아리사의 발언은 듣기에 따라서는 시비를 거는 것처럼 들릴 수도 있지만, 유키는 그저 재미있다는 듯이 미소 지었다.

"네, 사과할 필요는 없죠. 마사치카 씨가 직접 선택한 일이니까요. 그리고 저도 불평을 할 생각은 없고, 아랴 양에게 불만을 늘어놓을 생각도 없답니다."

그렇게 단언한 후, 약간 장난스럽게「제가 선택받지 못한 건 유감이지만 말이죠」하고 말한 유키는 웃음을 흘렸다. 그 달관한 듯한 미소를 본 아리사는 무심코 질문을 던졌다.

"유키 양은…… 쿠제를……."

"네?"

"……아무것도 아냐."

입을 뗀 직후에 지나친 발언이라고 생각한 아리사는 방금 자기가 한 말을 취소했다. 하지만…….

"사랑한답니다. 이 세상 그 누구보다도……."

"으?!"

유키가 진지하기 그지없는 표정으로 망설임 없이 답하자, 아리사는 눈을 치켜떴다.

"……누, 누구보다도?"

"네. 어머님보다도, 아버님보다도, 이 세상의 그 누구보다도. 저는 마사치카 씨를 사랑해요."

주저하지도, 부끄러워하지도 않으며, 유키는 당당히 마사치카를 향한 마음을 밝혔다. 그 진지한 사랑 고백에, 아리사는 무심코 뒷걸음질 쳤다. 동요한 아리사의 마음속에 파고들 듯, 유키는 거침없이 말을 이어갔다.

"아랴 양은, 어떤가요?"

"뭐?"

"아랴 양은, 마사치카 씨를 어떻게 생각하나요?"

"나, 나는……."

반사적으로 친구에 지나지 않는다고 답하려다, 유키의 진지한 눈동자를 보고 시선을 피했다. 유키의 올곧고 정직한 고백을 들어놓고, 그런 무난한 답변을 해도 될지 망설여졌다.

"쿠제는…… 친구야. ……저, 정말, 소중한……."

그 결과, 아리사는 시선을 피하며 볼을 붉힌 채, 어찌어찌 말을 쥐어짜 냈다. 그 직후, 등골을 타고 치밀어 오르는 뜨거운 무언가를 느낀 아리사는 몸을 배배 꼬았지만…… 유키가 그 정도 발언으로 만족할 리가 없었다.

"좋아하나요?"

"으익?!"

한복판 직구 같은 그 한 마디에, 아리사는 괴성을 지르며 앞을 바라보았다. 그런 아리사의 얼굴을 똑바로 응시하며, 유키는 거침없이 그녀에게 다가갔다.

아리사는 무심코 뒷걸음질을 쳤지만, 유키는 개의치 않으며 그녀에게 계속 다가갔다.

어느새, 아리사는 교실 문 쪽으로 완전히 몰리고 말았다.

체구가 작은 유키와 장신인 아리사는 키가 20센티미터나 차이 나며, 이 거리에서는 유키가 아리사를 올려다봐야 한다. 하지만 그런 구도와 달리, 실제로 압도당하고 있는 건 아리사 쪽이었다.

"어떤가요? 좋아하나요?"

"좋아……하냐니…….”

"저는 사랑한다고 밝혔어요! 그러니 아랴 양도 본심을 털어놔 주세요!"

"으, 으으…….”

유키의 인정사정없는 닦달에, 이런 사랑 이야기에 익숙하지 않은 아리사의 뇌는 과부하가 걸렸다.

그 결과, 생각이 제대로 정리되지 않은 상태에서 유키에 대한 경쟁심과 지기 싫어하는 마음만으로 입을 놀리고 말았다.

"좋아……하는지는, 모르겠어……. 하지만! 쿠제는, 너, 넘겨주지 않을 거야!!"

아리사가 무심코 그렇게 외치자, 유키는 천천히 눈을 껌뻑인 후에 그녀에게서 떨어졌다.

"……그런가요. 후훗, 일단 오늘은 그 말을 들은 것만으로 만족하겠어요."

유키는 그렇게 말하며 빙그레 웃더니, 평소처럼 단아한 미소를 머금으며 아리사를 재촉했다.

"그럼 미술부로 갈까요. 상대방을 너무 기다리게 할 수도 없으니까요."

"으, 응……."

그 빠른 태세 전환에 약간 당혹스러워하면서도, 아리사는 유키와 함께 교실을 나섰다. 그리고 미술부를 향해 걷는 아리사의 머릿속에 떠오른 것은 아까 전의 일이다.

(나, 나…… 아까, 뭐라고 했지? 왠지, 말도 안 되는 소리를 한 것 같은데…… 아니, 그것보다, 사랑? 어, 사랑?!)

정보를 처리하지 못해 눈이 빙글빙글 돌고 있는 아리사를 본 유키는 은근슬쩍 고개를 반대편으로 돌리더니, 사악하기 그지없는 미소를 머금었다.

(『정말 소중』에, 『넘겨주지 않을 거야』……. 흐음~? 오빠도 꽤 하네~♪)

그 발걸음은 가벼웠으며, 아리사와는 대조적으로 춤이라도 출 것 같을 만큼 즐거워 보였다.

"마샤 씨, 이 부분 말인데요."

"응? 아, 잘못 적었네."

"아, 역시 그런가요. 제가 수정해둘게요."

"응. 부탁해~."

한편, 마샤와 함께 학생회 업무를 열심히 처리하고 있던 마사치카는 뜻밖의 사태에 직면해 내심 경악했다. 그것도 그럴게……

(아니, 이 사람…… 일을 정말 잘하잖아?!)

미묘하게, 아니 매우 무례한 이유로 마사치카는 놀랐다.

하지만 실제로 마리야의 업무 처리 능력은 마사치카의 예상을 아득히 넘어섰다. 분위기 자체는 여전히 온화하지만, 업무 처리 속도는 무시무시하게 빨랐다.

마리야는 실무 쪽이 아니라 인망 때문에 학생회에 영입됐을 거라고 여겼던 마사치카는 그녀가 의외로 능력자라는 사실에 꽤 당황하고 말았다.

(그에 반해, 이쪽은…….)

마사치카는 앞에 앉아 있는 다른 선배를 쳐다보았다.

"어라……? 이건 아까 어딘가에서…… 어라? 어디였지?"

"치사키. 아까 저쪽에 집어넣은 파란색 파일 아닐까?"

"어? 아아, 그래. 저거구나."

마리야가 그렇게 말하자, 치사키는 파일이 꽂혀 있는 벽쪽 선반으로 향했다. 하지만 「저거구나」 하고 말해놓고도 어떤 건지 모르는 것 같았고, 줄지어 꽂혀 있는 파일을 꺼내 보며 고개를 갸웃거렸다.

(예상보다 일을 되게 못 하네! 말하면 실례겠지만! 실례겠지만!)

아무래도 치사키는 사무 업무가 미숙한 것 같았다. 마사치카가 보아하니, 정리 정돈을 못 하는 것처럼 보였다.

"……, ………? ～～～～."

그리고…… 솔직하게 말해 일에 집중하지 못했다. 서류 업무를 시작하고 20분밖에 지나지 않았는데, 벌써 좀이 쑤시는 것 같았다.

(놀고 싶어 하는 남자 초등학생이냐고…….)

더 하려는 걸까? 이미 질렸는데? 같은 느낌으로 치사키가 주위를 두리번거리자, 마사치카는 그 시선을 눈치 못 챈 척하면서 무심코 미덥지 않은 눈길로 그녀를 쳐다보았다.

언뜻 보기에 일을 제대로 못 할 것 같고 치유 담당 같은 푸근한 여자애와, 언뜻 보기에 일을 척척 처리할 것 같은 잘생긴 여자애.

하지만, 일을 시작하고 보니 겉모습에서 느껴지는 인상과는 정반대였다.

(사람을 겉모습으로 판단하면 안 되는구나…….)

그 사실을 실감하고 있을 때, 토우야가 보다 못한 것처럼 치사키에게 말을 건넸다.

"아~ 치사키. 그리고 보니 오늘은 도서실에서 대대적으로 책장 정리를 한다고 했어."

"아! 뭐? 일손이 부족한 거야?!"

"그래. 도서 위원 중에는 여성이 많거든. 책을 옮기는 건 꽤 중노동이잖아. 어떻게 되어가고 있는지 보고 와주겠어?"

"나한테 맡겨!"

토우야의 말을 듣자마자 물 만난 고기처럼 표정이 환해진 치사키는 순식간에 학생회실을 뛰쳐나갔다. 사무 업무를 정말 질색하는 것 같았다. 반응을 보아하니 한동안은 돌아오지 않을 것 같았다.

"미안해, 쿠제. 뭐, 치사키는 항상 저런 느낌이지. 저래도 위원회나 부활동회의 회의에서는 매우 도움이 돼. 그러니 좋게 봐줘."

"아니, 뭐…… 적재적소라는 거겠죠. 하하."

토우야가 쓴웃음을 흘리며 치사키를 변호하자, 마사치카도 쓴웃음을 머금으며 대답했다. 매우 믿음직하고 멋진 선배인 건 틀림없을 것이다.

아리사를 위해 화냈다는 것만 봐도, 그건 알 수 있다. 하지만…… 저렇게 어린애 같은 일면을 보여주니, 어떤 반응을 보이면 좋을지 감이 오지 않았다.

"하지만, 저런 면도 귀엽지 않아?"

"아니, 『헤헷, 그래서 더 귀여운 거라고』 같은 소리 마세요. 은근슬쩍 애정 과시 좀 말라고요."

"호오, 쿠제도 꽤 하는걸. 지금의 학생회에서 태클 담당은 귀중하지. 앞으로도 그런 식으로 마구 태클을 날려달라고."

"아니, 이 학생회에는 개그 담당밖에 없는 것 같은데요."

"바로 그거야! 역시 너를 학생회에 영입하기로 한 내 안목은 틀리지 않았어!"

"이런 걸로 확신하지 말라고요~."

느닷없이 콩트가 시작됐다. 그 와중에 마리야는 「즐거워 보이네~」 하고 말하듯 미소를 지으면서 치사키가 내팽개친 서류를 익숙한 듯이 자기 쪽으로 가져오더니, 별일 아니라는 듯이 작업을 이어갔다.

(이 사람, 유능해도 너무 유능한 거 아니냐고…….)

마사치카는 마리야에 대한 인식이 달라지는 것을 느끼고 있었다.

그로부터 40분 후, 일이 얼추 일단락되었기에 잠시 휴식을 하기로 했다. 참고로, 치사키는 아직도 돌아오지 않았다.

"그럼 홍차라도 끓일게~."

"아, 저도 도울게요."

"괜찮아~. 앉아서 기다려줄래? 나, 홍차 끓이는 걸 좋아하거든."

마리야가 그렇게 말하자, 괜히 나서기도 좀 그랬다. 게다가 포트와 컵을 데우는 것을 보니, 꽤 본격적으로 홍차를 끓이려는 것 같았다. 문외한이 끼어들 분위기가 아니었다.

"쿠제는 홍차에 우유 넣어서 마셔? 아니면 설탕? 아, 잼도 있긴 해."

"잼…… 혹시 러시안티인가요?"

"일본에서는 그렇게 부르지? 유감이지만 레몬티는 아냐."

"……그럼 기왕이면 잼으로 할게요."

"알았어~. 아, 회장은 프로틴으로 괜찮지?"

"전혀 괜찮지 않다만?"

"푸픕."

마리야가 느닷없이 날린 개그(?)에, 마사치카는 무심코 웃음을 터뜨렸다. 그 후에 토우야가 진지한 표정으로 날린 태클이 우스워서, 한 방 먹은 것 같았다.

(맙소사, 이 사람이 이런 농담도 하는구나! 아니, 혹시 진담인 걸까……? 잘은 모르겠지만, 어느 쪽이든 간에 완전 대박…… 크크큭.)

마사치카는 의자에 앉아서 포복절도했다.

"이봐. 너무 웃지 말라고, 쿠제."

"죄송…… 하지만…… 크큭."

토우야가 약간 어이없어하는 와중에도, 눈물을 찔끔 흘릴 정도로 웃어댄 끝에야 마사치카는 웃음을 그쳤다.

"아아~ 큰일 날 뻔했네. ……어, 어라? 러시아에서 홍차는 겨울에 마시지 않나요?"

선배 앞에서 폭소를 터뜨린 게 부끄러워서 얼버무릴 겸 그렇게 묻자, 마리야는 찻잎이 놓인 컵에 뜨거운 물을 힘차게 부으면서 고개를 갸웃거렸다.

"응~? 집에 따라 다르지 않으려나? 적어도 우리 집은 여름에도 홍차를 마셔. 어머니가 홍차를 좋아하셔서이기도 하지만……."

"아, 어머님은 일본인이셨죠. 그렇구나……."

자식의 식생활에 막대한 영향을 끼치는 어머니가 일본인이라면, 자식이 러시아에서 태어났더라도 일본과 식문화가 융합되는 일도 있을 것이다. 마사치카가 그런 식으로 이해하자, 마리야는 등을 보이며 선 채로 별것 아닌 투로 물었다.

"쿠제는 러시아에 대해 잘 알아?"

"아, 그런 건 아닌데…… 러시아 영화를 몇 편 본 적이 있는 정도예요."

"흐음~. 그렇구나."

실은 몇 편 정도가 아니다. 러시아를 좋아하는 친할아버지의 영향으로, 적어도 스무 편은 봤다. 결과적으로 그것이 러시아어의 리스닝 능력 향상에 크게 공헌했다. 덕분에 고등학생이 된 지금도, 누구누구 씨의 러시아어를 똑똑히 알아듣는다고! 만세!

"어? 쿠제, 왜 그윽한 눈길을 머금는 거지?"

"아, 별일 아니에요⋯⋯."

살다 보면 뭐가 득이 되고 뭐가 해가 될지 모른다는 생각을 하고 있을 때, 마리야가 마사치카 앞에 홍차와 잼이 담긴 조그마한 접시를 뒀다.

"자아~, 오래 기다리셨어요."

"아, 잘 마실게요."

"회장도 마셔."

"응, 고마워."

아무래도 토우야는 설탕파, 마리야는 잼파인 것 같았다.

(흠, 어떻게 한다⋯⋯.)

잼이 담긴 접시를 보며 잠시 생각에 잠긴 후, 일단 홍차를 그대로 한 모금 마셔봤다.

"어! 맛있어⋯⋯."

"그래? 고마워."

평소 마시는 팩에 든 홍차와는 향이 완전히 달랐다. 입으로 들어와서 코로 빠져나가는 향기가 강렬했고, 맛도 깊었다. 그리고⋯⋯ 어딘가, 그리운 기억을 되살려주는 맛이

기도 했다.

(아, 그러고 보니······.)

어머니도 홍차를 좋아했다. 홍차가 아까보다 약간 쓰게 느껴진 바람에 볼을 살짝 굳힌 마사치카는 옆에 있는 마리야를 힐끔 쳐다보았다.

그러자, 마리야는 스푼으로 잼을 떠서 입에 넣은 후, 홍차를 한 모금 마셨다.

"어? 왜 그래?"

"아, 그게······ 잼을 홍차에 넣는 게 아니군요."

"그건 사람에 따라 다를걸? 데······ 할아버지는 홍차에 잼을 넣어서 마셨어~. 하지만 나는 따지자면 다과? 같은 느낌으로 맛봐."

"흐음~."

양갱과 녹차 같은 느낌이라 생각한 마사치카도 마리야처럼 잼을 한 입 먹었다.

"달아······."

예상 이상의 단맛에 혀가 마비되는 느낌이 든 마사치카는 서둘러 홍차를 입에 머금었다. 그러자 잼의 단맛이 적당히 중화되면서, 원래와 약간 다른 맛이 됐다.

"아하······."

홍차의 꽃향기에 잼의 달콤한 맛이 더해지면서, 한층 더 복잡한 맛이 됐다. 하지만······.

(으음~. 쿠키나 케이크와 다르게 입 안에서 완전히 녹는 바람에, 왠지 다른 음료가 된 듯한 느낌도 들어…….)

이건 이것대로 맛있지만, 원래의 홍차가 맛있었던 만큼 그대로 마시는 편이 나을 듯한 느낌도 들었다. 하지만 모처럼 준비해준 잼을 남기는 것도 좀 그랬다.

(다음번에는 나도 설탕만 넣어달라고 해야지.)

마음속으로 그렇게 결의한 마사치카는 잼과 홍차를 번갈아 입에 넣었다.

(그건 그렇고, 차분하게 생각해보니…….)

이 선배, 엄청난 미인에 몸매도 끝내줬다.

성격도 상냥하고 사교성도 좋아서, 남녀 가리지 않고 많은 이들이 그녀를 따른다.

게다가 전교 성적 상위 30위 안에 매번 들어서 복도에 붙는 성적 순위표에 항상 이름이 들어간다고 하니, 머리도 좋은 것 같았다.

운동은 어떤지 모르지만, 이 성격이면 운동을 좀 못하더라도 매력으로 느껴질 것 같았다. 그리고 일도 잘하는 데다, 끓여주는 차도 맛있다.

(어라? 이거 혹시 흠잡을 데가 없는 거 아냐?)

가까운 곳에 완벽 초인으로 유명한 아리사가 있는 데다, 마리야의 평소 분위기가 분위기라 그런 식으로 의식해본 적이 없었다. 하지만 이렇게 생각해보니, 마리야 또한 충분히 완벽 초인이었다.

그렇게 인식하니, 마사치카는 묘하게 마음이 흔들렸다.

온화한 미소를 머금은 채 천천히 찻잔을 입가로 가져가는 마리야의 모습에서도, 매력적인 연상 여성이란 분위기가 강하게 감돌고 있는 것처럼 느껴졌다.

(그래, 그야말로 성모야. 모든 남성을 무조건적으로 보호가 필요한 연하남으로 만들어버리네…….)

바보처럼 오타쿠 방면의 생각에 빠져들려던 마사치카는 시선을 눈치챈 마리야가 미소를 머금으며 고개를 갸웃거리는 모습을 보고 퍼뜩 정신을 차렸다.

그저 「왜 그래?」 하고 말하듯 상냥히 미소 짓고 있을 뿐인데, 가슴이 술렁거렸다.

불가사의한 감각이었다. 마음이 진정되지 않았다.

조심하지 않았다간 친근한 가족을 대하듯 무방비하게 본래 모습을 드러낼 것만 같아서, 긴장을 풀 수가 없었다.

긴장을 풀 수 없다고 생각하지만…… 마리야의 상냥한 미소를 보고 있으면 경계심과 자제심이 그대로 풀려버릴 것만 같았다. 그녀에게 감도는 온화하고 기분 좋은 분위기에, 몸을 맡겨버릴 것만…….

"저희 돌아왔어요."

"……다녀왔습니다."

"어머~. 아랴, 유키, 어서 와~."

마침 협의하러 갔던 유키와 아리사가 이 타이밍에 돌아오자, 마리야의 표정이 확 늘어졌다.

　이제까지 감돌던 포용력 넘치는 누님 같은 분위기가 순식간에 흩어지더니…… 이 자리에는 여동생을 사랑하는 나긋나긋 언니만이 존재했다.

　(아니, 이 낙차는 뭐야?!)

　너무 급격한 변화였던지라, 마사치카는 의자에서 미끄러질 뻔했다.

　마리야는 그런 마사치카를 전혀 개의치 않으며 푸근한 미소를 짓더니, 식기와 홍차가 놓여 있는 선반 쪽으로 향했다.

　"두 사람도 홍차 마실래?"

　"아, 마실게요."

　"……마실래."

　"응~, 잠시만 기다려~."

　마리야는 기분 좋게 콧노래를 부르면서, 홍차를 준비했다. 마사치카가 그런 그녀의 등을 미묘한 눈길로 쳐다보고 있을 때, 옆에 앉은 아리사가 자리에 앉은 상태에서 그를 향해 몸을 기울였다.

　마사치카가 돌아보니, 가까운 곳에 앉아 있던 아리사가 「불만이라도 있어?」 하고 말하는 듯한 눈길로 그를 쳐다보고 있었다.

"……왜?"

"아니…… 너무 가까운 거 아냐?"

질문을 던진 아리사에게 되물어보니, 그녀는 반대편을 힐끔 쳐다보며 말했다.

"……러시아에는 젊은 여성이 모퉁이에 앉으면 운이 나빠진단 말이 있어."

"어? 그래?"

"응."

그렇게 말하며 또 의자를 이동하더니, 마사치카와 팔꿈치가 닿을 것 같을 정도로 붙어 앉았다. 그리고, 견제하는 듯한 눈길로 유키를 쳐다봤다.

(아니, 그래도 너무 가깝잖아! 그리고 그 눈길은 뭔데?! 어, 수라장? 수라장이야?)

아리사는 경계하는 듯한 눈길로 유키를 응시했다. 그런 아리사를, 유키는 감정이 묻어나지 않는 미소를 머금은 채 응시했다.

두 사람 사이에서 한순간 불똥이 튄 듯한 느낌이 들자, 마사치카는 거북한 마음에 이 자리를 벗어나려 했고…… 그 움직임을 눈치챈 아리사는 의자 등받이를 향해 뻗은 그의 소매를 꾹 움켜잡았다.

책상 아래에서, 옆의 여자애가 「가지 마」라고 말하듯 소매를 움켜잡고 있다. 이 말만 들으면 매우 매력적인 시추

에이션 같았다.

 하지만, 실제로 그런 상황에 부닥친 마사치카의 심정은…….

 (싫어어어어—! 놔아아아—!! 이 분위기, 나한테는 버겁단 말일세에에에—!!)

 양다리를 걸치던 상대 여성과 마주치고 만 바람둥이가된 심정이었다. 전력을 다해 이 자리에서 도망치고 싶을지경이다.

 (왜야! 왜 이렇게 된 건데?! 도와줘요, 마샤 씨~!)

 견디다 못해 등 뒤를 돌아본 마사치카는 홍차를 끓이고있는 마리야에게 말을 건넸다.

 "……저기, 방금 아랴가 말한 징크스 같은 게 진짜로 있나요?"

 "있어~. 정확하게는 운이 나빠지는 게 아니라, 혼기가늦어진다고 해."

 그렇게 말한 마리야는 왠지 기뻐 보이는 표정으로 돌아보더니, 아리사를 반짝이는 눈길로 응시했다.

 "그건 그렇고, 아랴가 그런 걸 신경쓰다니…… 혹시, 결혼하고 싶은 상대가 생긴 거야?!"

 "……그럴 리가 없잖아. 왠지 기분이 그럴 뿐이야."

 "뭐어~? 정말~?"

 "끈질겨."

"하아, 아랴도 참~."

볼을 부풀린 마리야는 고개를 다시 돌렸다. 언니 쪽을 힐끔 쳐다본 아리사는 마사치카의 소매를 잡은 손을 쳐다보며, 매우 작은 목소리로 중얼거렸다.

【결혼은, 아직 일러.】

정말 목소리가 작았다. 하지만 몸을 밀착시키고 있는 마사치카에게는 똑똑히 들렸다.

(맞아~. 아직 열다섯 살인걸~. 왠지 말투가 신경 쓰이긴 하지만, 상식적으로 생각해보면 결혼은 아직 이르긴 하지~? 잠깐만, 언니가 있는데도 이 짓을 하는 거냐!!)

뒤편에 러시아어를 아는 언니가 있는 이 상황에서도, 공세(?)를 이어 가는 아리사를 본 마사치카는 전율했다.

바로 그때, 마리야가 찻잔을 쟁반에 놓는 소리를 들은 아리사가 마사치카의 소매를 났다. 잠시 후, 마리야는 아리사와 유키 몫의 홍차를 가지고 왔다.

"자아~, 아랴. 먼저 이걸 받아."

그리고 우선 아리사 앞에 조그마한 접시를 뒀다. ……한 통을 그대로 담은 게 아닐까 할 만큼, 잼이 수북이 담긴 접시를 말이다.

"……왜 그래?"

"아, 아무것도 아냐……."

고개를 슬며시 돌린 마사치카는 얼마 남지 않은 잼을 홍

차 안에 넣었다.

그리고 스푼으로 잘 저은 후, 단숨에 들이켰다.

(……응, 역시 전혀 다른 음료야.)

잼을 과하게 넣은 건지, 단맛이 입안에 남아서 혀가 마비되는 느낌이 들었다. 바로 그때, 유키가 불쑥 입을 열었다.

"저기…… 사라시나 선배는 어디 간 건가요?"

"뭐? 아…… 그러고 보니 그 사람은 언제 돌아오는 거지?"

시간을 확인하며 고개를 갸웃거리고 있을 때, 찻잔을 내려놓은 토우야가 어깨를 으쓱하며 말했다.

"치사키는 도서 위원의 일을 도우러 갔어. 뭐…… 배가 고프면 돌아오겠지."

"완전 애네요."

마사치카가 무심코 태클을 날린 순간, 학생회실의 문이 쾅 하는 소리를 내며 열렸다.

"왠지 맛있는 냄새가 나!"

"진짜로 애잖아."

눈동자를 반짝이며 뛰어 들어온 치사키를 본 마사치카가 무심코 태클을 날렸다.

제 4 화   크림 맛만 났거든? 정말이거든?

"좋아. 오늘은 이쯤 할까. 1학년은 먼저 돌아가도 돼."

"어, 그래도 될까요?"

"그래. 2학년은 이제부터 선생님과 나눌 이야기가 있거든. 길어질 가능성도 있으니, 먼저 돌아가. 수고했어!"

"그럼…… 고생하셨어요."

토우야의 말에 따라, 마사치카와 아리사는 학생회실을 나섰다. 유키는 차가 마중 올 때까지 학생회실에서 기다린다고 했기에, 단둘이서 돌아가기로 했다.

(자…… 어떻게 할까?)

마사치카는 아리사와 나란히 걸으면서, 어떻게 말을 꺼낼지 생각했다. 딱히 특별히 나눌 이야기가 있는 건 아니다. 그저 이제부터 내년 학생회장 선거에 맞춰 어떻게 움직일지, 이참에 이야기해둘까 싶었다.

하지만 오전에 그런 일이 있었던 탓에, 아직 좀 거북했다. 게다가 유키와 함께 미술부와의 협의에 다녀온 후로, 아리사가 어딘가 좀 이상했다. 어디가 이상한지 딱 집어서 말하는 건 어렵지만…….

(유키 녀석이…… 무슨 짓을 한 게 틀림없어.)

일전의 휴일에 있었던 일을 생각해보면, 유키는 그다지 좋지 않은 의미에서 아리사가 마음에 든 것 같았다. 성실하고 지기 싫어하는 아리사는 유키에게 있어 놀릴 맛이 있는 친구로 여겨지는 것 같았다.

악마 같은 미소를 숙녀다운 미소로 감추며, 교묘한 언변으로 아리사를 농락하는 모습이 쉬이 상상됐다.

(하아…… 뭐, 이런 생각해봤자 소용없나.)

표정을 굳힌 채 아무 말 없이 옆에서 걷고 있는 아리사를 보며 마음속으로 한숨을 내쉰 마사치카는 눈에 익은 패밀리 레스토랑이 보이자 결심을 굳혔다.

"저기~ 아랴?"

"응? 왜?"

"괜찮다면, 저기 들렀다 안 갈래?"

"뭐……?"

마사치카가 패밀리 레스토랑을 손가락으로 가리키며 그렇게 말하자, 아리사는 눈을 치켜떴다.

"아, 그게, 함께 회장 선거에 나가기로 했으니까, 앞으로 어떻게 할지 이야기를 좀 해둘까 싶어서 말이야."

"……그래."

하지만 이어지는 마사치카의 말을 듣고 눈을 가늘게 뜨더니, 퉁명한 태도로 고개를 끄덕였다.

"뭐, 좋아."

"그래. 그럼 들어가자."

일단 거절당하지 않았다는 사실에 안도한 마사치카는 서둘러 패밀리 레스토랑으로 향하더니, 문손잡이를 움켜쥐었다.

【데이트가 아니구나.】

바로 그때, 등 뒤에서 날카로운 한 마디가 날아와서 꽂혔다.

(으극! 드, 등 뒤에서 공격하다니! 비열하기 그지없구나!)

자객에게 습격을 당한 무사처럼 그렇게 외친 마사치카는 몸이 주저앉는 것을 문손잡이에 매달려 버텨낸 후, 가게 안으로 들어갔다. 점원의 안내로 테이블석에 앉은 후, 우선 음료를 주문했다.

"으음…… 나는 카페오레로 할래."

"나는, 멜론 소다와 초콜릿 파르페로 하겠어."

"……?!"

"……왜?"

"아, 아무것도 아냐…….."

안 그래도 단 초콜릿 파르페를 달콤하기 그지없는 멜론 소다와 함께 즐긴다고 하는 일종의 모독적인 주문에, 마사치카는 경악을 금치 못했다. 마사치카가 질린 듯한 표정을 짓자, 아리사는 약간 거북한 표정을 지으며 변명을 늘어놓듯 이렇게 말했다.

"그게…… 머리가 지쳤어. 달콤한 걸 먹으면 머리가 잘 돌아간다잖아?"

"아, 그런 거구나……. 아, 주문은 그걸로 다예요."

달콤한 게 문제가 아니라 조합이 문제인 건데 말이다. 마사치카는 괜한 말을 하지 않았고, 점원이 주문한 음료를 가져오는 사이에 의문을 해소할까 싶어서 머뭇머뭇 입을 뗐다.

"으음…… 유키와, 무슨 일 있었어?"

"……딱히 없었어."

그 대답은 퉁명했지만, 슬며시 피하는 시선을 보면 무슨 일이 있었다는 건 명백했다.

(유키이잇—!! 너, 무슨 짓을 한 거냐아앗—?!)

마사치카가 마음속으로 절규를 토하며 표정을 굳히자, 그를 힐끔 쳐다본 아리사가 다시 고개를 돌리며 우물쭈물 말했다.

"그냥…… 너와 내가 입후보하기로 했단 말을 했을 뿐이야."

"아, 그렇구나……."

분명 그게 다는 아닐 거라고 생각하면서도, 마사치카는 더 캐물어도 될지 망설였다. 바로 그때, 아까부터 마사치카를 힐끔힐끔 쳐다보던 아리사가 결심을 한 듯한 표정으로 질문을 던졌다.

"저기."

"응?"

"너…… 유키 양과 사귀는 거야?"

"그럴 리가 없잖아."

아리사의 핀트가 어긋난 질문에, 마사치카는 무심코 진지하게 답하고 말았다. 당연했다. 마사치카와 유키가 친남매라는 것을 모르는 아리사에게는 평범한 질문일지라도, 마사치카에게는 「이게 무슨 미소녀 게임이냐!!」 하고 외치고 싶어질 만큼 어이없는 질문이었다.

"……아냐?"

"아냐. 결단코 아냐."

마사치카가 진지한 표정으로 단언하자, 아리사는 당혹스럽다는 듯이 눈동자가 흔들렸다. 그 표정을 본 마사치카는 한숨 섞인 어조로 말을 이었다.

"유키가 뭐라고 한 건지는 모르겠지만…… 우리는 가족, 같은 거야. 서로에게 연애 감정 같은 건 눈곱만큼도 없어."

"하지만, 유키 양은……."

"하아…… 이참에 말해두겠는데, 유키의 말을 너무 믿지 마. 그 녀석은 겉모습과는 다르게 숙녀와 거리가 멀어. 너를 놀려서 동요하게 만들고, 그 모습을 보며 즐기는 거야."

"……."

납득이 안 되는 건지, 아리사는 불만 섞인 표정으로 마사치카를 쳐다봤다. 하지만 그 순간에 음료와 파르페가 도착했기에, 마사치카는 이 이야기를 마치고 본론에 들어갔다.

"자…… 그럼 회장 선거 말인데……."

마사치카는 카페오레를 한 모금 마신 후, 멜론 소다를 마시고 있는 아리사의 눈을 쳐다보며 말했다.

"먼저 말해두겠어. 이대로는 유키에게 이기는 건 무리야."

"……!"

마사치카가 확신에 찬 어조로 단언하자, 아리사의 눈썹이 움찔했다. 그리고 멜론 소다를 내려놓더니, 날카로운 시선으로 마사치카를 쳐다봤다.

"……딱 잘라 말하네."

"사실이거든. 유키는 이미 차기 회장의 지위를 확립했어."

아리사의 시선을 받으면서도, 마사치카는 전혀 겁먹지 않으며 어깨를 으쓱했다.

"애초에 학생회의 1학년 멤버가 부족하다는 것 자체가 말이 안 돼. 보통은 회장과 부회장 후보가 페어를 이뤄서 최소 세 팀은 있거든. 중등부 1학년 1학기에도 나와 유키를 비롯해 여섯 팀, 총 열두 명의 멤버가 있었어."

"열두 명?! 꽤 많네……."

"그래도 선거전 이전의 토론에서 절반이 탈락했으니까, 실제로 선거전에 나간 건 세 팀밖에 안 돼."

"토론?"

"아, 학생의회를 말하는 거야. 그래. 아직 전학 오고 1년 밖에 안 됐지⋯⋯. 그것도 설명해줘야겠는걸."

학생의회.

학생 사이에서 문제가 발생했을 때, 당사자 간의 대화로 결판이 나지 않았을 경우. 혹은 일반 학생이 학생회에서 다뤄줬으면 하는 의제가 있을 경우, 강당에서 열리는 토론 대회 같은 것이다.

거기서는 각각의 대표자가 의견을 밝히고, 청중의 투표에 의해 판결이 내려진다.

이 학생의회에서 결정된 내용은 그 자리에 있는 전교생이 증인이 되기 때문에, 절대적인 강제력과 집행력을 지닌다.

"예를 들어, 어제 벌어진 축구부와 야구부의 다툼도 도저히 결론이 나지 않는다면 학생의회로 결판을 내게 됐을 거야. 뭐, 그렇게 일이 커지면 응어리가 남기 쉬우니까⋯⋯ 기본적으로는 당사자 간의 대화로 타협점을 찾지. 학생의회를 여는 건 최종수단이야."

"그렇구나⋯⋯. 때때로 강당에서 뭔가를 한다는 건 알고 있었지만, 그런 일이었구나."

"학생의회는 일단 학생회에서 주최해. 뭐, 메인은 의장을 맡은 회장과 부회장이고, 우리 같은 일반 임원의 일은 신청 서류 처리와 행사 진행을 돕는 거지만 말이야."

"그래⋯⋯. 그런데, 그것과 회장 선거가 어떻게 연관되는 거야?"

"응? 아…… 선거전의 후보자 사이에서 학생의회가 열릴 경우는 좀 사정이 달라."

학생회 업무에 관한 의견 대립으로 열리는, 후보자 간의 학생의회.

이것은 그 성질에 따라, 토론회라 불린다.

그렇게 불리는 것도, 각 후보자가 내세운 의견이 충돌해서 승패가 갈리는 만큼, 많은 학생은 거기서 서열이 나뉜다고 받아들이는 것이다.

"인망과 설득력 및 기타 등등, 토론회에서 한 번 서열이 갈려버리고 나면 그 평가를 뒤집는 건 거의 불가능해. 사실상, 선거전에 임하기 전에 낙선하는 거지. 뭐, 자기한테 이긴 상대와 그 후로 계속 업무를 같이 보는 건 심정적으로 힘드니까, 패배한 사람은 그대로 학생회를 관둬."

"그랬구나……."

"그런 식으로 경쟁해서, 보통은 최종적으로 서너 팀 정도가 남는 편이야. 뭐, 회장 선거에 도전하는 학생 전원이 학생회에 들어오지는 않지만…… 그래도, 올해는 명백하게 비정상적이네."

마사치카가 가입하기 전에는, 학생회에 소속된 1학년은 유키와 아리사뿐이었다. 일시적으로 다른 멤버가 들어오기도 했지만, 결국 다들 관뒀다. 그것은 즉…….

"다들 포기한 거야. 회장 선거에서 유키한테 이기는 건 불가능하다고 생각한 거지. 그 정도로 유키는 차기 회장으로 확실시되고 있어."

"……."

"이 학교에서 학생회장이 되는 것의 메리트는 말할 필요도 없지? 실제로 학생회장이란 직함이 지닌 가치가 너무 커서, 몇 년 전에는 선거전에서 이기려고 몰래 더러운 수작을 부렸다는 이야기도—."

마사치카는 웬일로 매우 진지하게 선거전에 대해 이야기했다. 아리사는 그 모습을 복잡한 심경으로 응시하고 있었다.

아리사는 평소 마사치카의 불성실한 태도를 꾸짖었지만, 학생회에서만이 아니라 이런 자리에서도 이렇게 진지한 그를 보니 페이스가 흐트러지는 것 같았다.

게다가 패밀리 레스토랑에서 단둘이 있는 이 상황을, 마사치카는 아무렇지도 않게 여기는 점도 마음에 들지 않았다.

(뭐야……. 아무렇지 않은 척하기는…….)

원래 친구가 적…… 사람을 가려 사귀는 아리사는 사실 이성과 단둘이 음식점에 온 경험 자체가 처음이었다.

가게에 들어오기 전에 중얼거린 러시아어도, 이번만큼은 본심에서 나온 말이라는 것을 자각하고 있다. 마리야에게 들은 순정만화 관련 지식 탓이지만, 아리사는 「방과 후에 남자애가 패밀리 레스토랑에 같이 가자고 말한다」 = 「데이트 신청」이라는 인식을 가지고 있었다.

그래서 정면에 앉아야 할까 옆에 앉아야 할까, 다른 학생이 보면 어쩔까, 창가 자리는 밖에서 보이지 않을까, 같은 생각을 하며 마음속으로 안절부절못했다. 하지만 뚜껑을 열고 보니 그런 걸 신경 쓰는 건 아리사뿐이었다.

(뭐야? 여자애와 패밀리 레스토랑에 자주 와봤다는 거야? 뭐, 유키 양 말고도 친하게 지내는 여자애가 있는 것 같기는 해.)

어제 악수를 하며 마사치카가 했던 말을 떠올린 아리사는 당시의 분노가 되살아나는 느낌을 받았다.

마음을 풀려고 멜론 소다를 마셨지만, 가슴속의 응어리는 잦아들지 않았다. 혀에서 딱딱한 감촉이 느껴져서 무심코 입을 떼보니, 그것은 자기도 모르게 잘근잘근 씹은 탓에 납작해진 빨대였다.

마음속으로 「그래서 마시기 어려웠던 거구나」 하고 생각한 아리사는 무의식적으로 어린애 같은 짓을 했다는 사실에 부끄러움을 느꼈다.

"……뭐, 그 덕분에 요즘은 깨끗한 선거를 할 수 있게 됐지만 말이야."

맞은편에 있는 마사치카가 여전히 진지하게 이야기를 하고 있지만, 아리사는 그 내용이 머리에 들어오지 않았다. 자기를 생각해서 해주는 이야기이니 집중해야 한다고 여기면서도, 영 귀를 기울이지 못했다.

"흐음, 그렇구나."

"그래. 그 대가라기엔 좀 그렇지만, 토론회에서 후보자 간의 배틀이—."

대충 맞장구를 치면서, 아리사는 파르페를 먹었다. 입 안에 초콜릿과 바닐라 아이스크림의 단맛이 퍼져나간 후, 치아에서 딱딱한 감촉이 느껴지자…… 이번에는 스푼을 깨물고 있다는 사실을 눈치채고 허둥지둥 입에서 뺐다.

"아랴? 듣고 있어?"

"윽!"

마사치카가 의아한 표정으로 묻자, 아리사의 볼이 발그 레해졌다. 평소 주의를 주던 자신이 거꾸로 주의를 당했다 는 사실에, 굴욕감과 수치심을 느꼈다.

"듣고 있어. 파르페에 정신이 좀 팔렸을 뿐이야."

"……하아. 뭐, 맛있어 보이기는 하는데……."

마사치카가 건성으로 고개를 끄덕이면서 「그렇게 정신이 팔릴 정도야?」 하고 말하듯 자신을 쳐다보자, 아리사의 볼 은 더 빨개졌다.

(흥, 뭐야! 따지고 보면 네가 평소와 다른 태도를 보이니 까, 나도 페이스가 흐트러진 거잖아!)

머릿속으로 적반하장에 가까운 분노를 터뜨린 아리사는 마사치카의 미심쩍은 눈길을 피하듯 고개를 돌리더니……

문득 눈에 들어온 파르페를 보고 묘안(?)을 떠올렸다.

(후, 후후, 그래……. 의식을 안 한다면, 하게 만들면 돼!)

아리사는 이해할 수 없는 경쟁심을 불태우며 입가에 자신만만한 미소를 머금더니, 장난기 섞인 표정으로 이렇게 말했다.

"……한 입, 맛볼래?"

"아, 괜찮아…….."

"맛있어 보인다고 했잖아? 괜히 사양할 필요 없어."

태연한 어조로 그렇게 말한 아리사는 초콜릿 소스가 뿌려진 생크림을 스푼으로 떠서 마사치카를 향해 내밀었다. 그러자 마사치카도 얼어붙고 말았다.

"자, 먹어."

아리사는 스푼을 내밀고 있었다. 그 높이를 보면 스푼을 건네주려는 게 아니며, 결정적인 한 마디는 없지만, 그 의도는 명백했다.

(어? 이 아~ 이벤트는 뭐야? 어라, 딱히 그런 분위기는 아니었지? 언제 플래그가 선 거지??)

아리사의 생각대로, 마사치카는 동요를 감추지 못했다. ……그 동요의 방향성은 아리사의 예상 이상으로 안타까웠지만 말이다.

"으음, 아니, 그냥 새 스푼으로 떠먹을게."

"점원을 부르는 것도 좀 그렇잖아. 설거짓거리도 늘어날 거야."

"아, 그래도……."

마사치카가 무의식적으로 몸을 젖히자, 아리사는 스푼을 더 내밀었다.

"빨리 먹어……. 러시아에선 이 정도는 아무것도 아냐."

"뭐, 정말?"

마사치카의 러시아에 관한 지식은 영화와 책으로 얻은 게 전부이며, 그 나라에 직접 가서 안 게 아니다. 그래서 어쩌면 러시아에는 간접 키스를 전혀 신경 쓰지 않은 걸지도 모른다는 생각이, 마사치카의 머릿속을 스치고…….

(아, 이건 거짓말이네.)

스푼에서 눈을 떼며 아리사를 쳐다본 마사치카는 즉시 그런 결론을 내렸다. 왜냐하면 아리사는 장난스러운 표정을 짓고 있지만…… 유심히 보니, 귓불과 손가락 끝이 빨갰다. 피부가 하얀 탓에 더 눈에 띄었다.

(진짜로 왜 이러지……? 부끄러우면 무리하지 말라고.)

이렇게 되니 거꾸로 침착해진 마사치카는 부끄러움보다 걱정이 앞섰다. 그의 표정을 통해 그게 전해진 건지, 아리사도 흥분이 가라앉았다.

(나…… 뭐 하는 거지?)

흥분이 가라앉자, 자기 행동에 대한 수치심이 샘솟았다. 온몸이 뜨거워지더니, 가게 안에 있는 모든 사람이 자기를 쳐다보는 듯한 느낌에 사로잡히면서 이러지도 저러지도 못했다.

그렇다고 스푼을 내렸다간 더 수치스러울 게 뻔했기에, 표정을 유지하며 스푼을 쑥 내밀었다.

"자…… 크림이 녹을 거야."

"아, 응……."

물러설 수 없는 상황이라는 것을 어렴풋이 짐작한 마사치카도 아리사를 설득하는 것을 관뒀다.

(설마 여기서 간접 키스 이벤트가 발생하다니…… 그래도, 문제는 없어. 마샤 씨와의 일로, 각오와 시뮬레이션을 마쳤거든!)

그때는 착각에 지나지 않았지만, 상황은 그렇게 다르지 않다. 이런 것은 부끄러워하는 쪽의 패배다. 평상심을 유지하며, 스타일리시하게 하면 된다!

(그래, 종이컵이 스푼으로 바뀌었을 뿐…… 바뀌었을, 뿐……이, 아니잖아! 스푼이라고! 아랴의 입 안에 들어가서 혀에도 닿았던 스푼이야. 그걸 입에 넣는다는 건 간접 키스가 아니라 간접 디프 키스라고 불러야 하는 거 아냐?!)

냉정하게 상황을 분석한 결과, 마사치카는 냉정을 유지할 수가 없었다. 무의식적으로 시선이 아리사의 입술로 향하더니, 그 타이밍에 그녀가 입을 열었다.

"자아, 아~."

드디어, 아리사는 그 한 마디를 입에 담았다. 그러자, 아리사의 아름답고 새하얀 치아와 붉은 혀가 자연스럽게 마사치카의 눈에 들어왔다.

(우오오오오—?! 혀를 보여주지 말라고! 너무 생생하잖아! 생생하다고오오오오오—?! 미소녀는 입 안도 깨끗하군요! 감사합니다!)

마음속으로 머리를 감싸 쥔 마사치카는 바닥을 뒹굴고 있었다. 하지만 남자의 본능인지, 어미 새가 먹이를 먹여주길 기다리는 새끼 새처럼, 어느새 마사치카는 입을 벌리고 있었다.

"아, 아~."

그런 그의 입 안으로, 주저 없이 스푼이 들어왔다.

마사치카는 반사적으로 입을 닫아서, 윗입술로 생크림을 훑었다.

방금까지 최대한 스푼에 닿지 않으려고 앞니로 훑을 생각을 했지만, 어느새 그런 생각은 머릿속에서 깨끗이 사라졌다.

(끄아아아아아—?! 간접 디프 키스! 간접 디프 키스를 해버렸어어어어—?! 차례가 잘못된 거 아닙니까? 여러모로 차례가 잘못된 거 아니냐고요! 차례가 잘못된 거 아니냐고, 인마—?!)

마사치카는 마음속으로 지면에 헤딩을 날리며 괴로워했다.

바로 그때, 음흉한 표정을 지은 유키가 「헤헤, 아랴 양 맛 파르페를 맛보니 어때?」 하고 음험한 목소리로 말하며 어깨를 두드려주자, 일단 몸을 일으키면서 그대로 안면에 백너클을 날려줬다.

이 여동생님은 머릿속 이미지만으로도 참 짜증 나기 그지없다.

"……달아."

"……응."

마사치카는 동요한 나머지, 생크림을 삼키면서 단순하기 그지없는 감상을 입에 담았다. 하지만 아리사도 그 말에 별다른 대꾸를 하지 않으며, 조용히 스푼을 치웠다.

(아니, 이 공기 자체가 달아! ……진짜로 이 분위기를 어떻게 하지?)

방금까지 진지하게 이야기를 나누고 있었는데, 어쩌다 이렇게 된 것일까? 그것보다, 누군가가 이 상황을 본 건 아닐까.

마사치카는 이제 와서 주위를 둘러봤고…… 창밖을 본 순간, 낯익은 뒷모습이 눈에 들어왔다.

(저건…… 타니야마?)

마음속으로 고개를 갸웃거렸지만, 아리사의 헛기침 소리를 듣고 그녀를 향해 관심을 돌렸다.

마사치카가 정면을 돌아보니, 숙이고 있던 고개를 든 아리사가 진지한 표정으로 그를 응시하고 있었다.

"그럼 아까 말한 점을 고려할 때…… 유키 양에게 이기려면, 어떻게 해야 할까?"

힘든 상황인 것을 인식했으면서도, 앞으로 나아가려 하는 강렬한 눈동자. 역경 속에서 반짝이는 그 눈부신 혼을 본 마사치카는 무심코 눈을 치켜떴…….

(안 돼애애— 무리야, 무리!『어떻게 해야 할까?(진지)』는 아니잖아~! 이 분위기에서 시리어스 모드는 무리라고요, 아랴 양!)

마음속으로 화끈하게 태클을 날렸다. 하지만 이 묘한 분위기를 어떻게든 하고 싶은 건 마사치카도 마찬가지이기에, 순순히 그녀의 의도에 따라주기로 했다.

"으음…… 그야 물론, 다른 노선으로 갈 수밖에 없어."

"다른 노선?"

"그래. 정면에서 진검승부를 벌여봤자 승산이 없잖아. 그럼 방법을 바꿔서, 유키와 다른 방향성으로 학생들에게 어필하는 거야."

"……구체적으로는 어떻게 해야 하는데?"

아리사의 질문에, 마사치카는「그래……」하고 중얼거리며 생각을 정리했다.

"아이돌의 인기 투표와 마찬가지야……. 절대적인 에이스에게 이기기 위해선, 모두에게 **응원받는** 존재가 될 수밖에 없어."

"……그게 무슨 말이야? 응원을 받는다니…… 애초에, 응원하고 싶은 사람에게 투표하는 거잖아?"

"꼭 그렇다고는 할 수 없어. 회장 선거는 기본적으로 인기 투표지만, 팬이 자율적으로 투표권을 얻어야 하는 아이돌과는 다르게 전교생에게 강제적으로 투표권이 주어지거든……. 그렇게 되면 회장 선거에 그다지 흥미가 없는 학생이 고르는 건, 대부분 『무난』한 선택지야. 즉, 안심과 신뢰와 실적을 지닌 전직 중등부 학생회장이지. 실제로 나도 일전의 회장 선거에서는 회장 출신 후보를 골랐어. ……다른 사람이 당선되어서 놀랐다니깐."

"그래……. 듣고 보니, 켄자키 회장은 중등부에서는 학생회 임원이 아니었어."

"그래. 중등부 학생회장과 부회장이 고등부에서도 팀을 이뤄서 출마했을 경우, 당선 확률은 약 7할 정도야. 그런 사람들한테 이긴 거니까, 역시 켄자키 회장은 대단해……. 그리고, 당시에 회장이 한 게 바로 응원받는 스토리 만들기였어."

마사치카는 토우야를 솔직하게 칭찬한 후, 가방에서 종이 다발을 꺼냈다.

그것은 학교 신문부가 발행한 교내 신문 중에서 작년 치를 복사한 것이다. 그중 한 장을 손에 쥔 마사치카는 어느

부분을 손가락으로 가리켰다.

"여기에 조그마한 특집이 있지?"

"……이게 뭐야? 『켄자키 토우야, 학생회장의 길 제5화』?"

"그래. 당시 신문부 부원 중 한 명이 열등생이었던 켄자키 회장이 회장 선거에 나가는 걸 재미있어해서 취재한 거야. 회장은 자기 모티베이션을 유지하기 위해, 실명으로 특집을 내는 걸 허락했나 봐."

"흐, 음…… 뭐, 남들이 본다고 생각하면 긴장의 끈을 놓지 못할 거야."

"그래. 아마 처음에는 취재한 신문부 부원도 조롱 삼아 시작했을 거야……. 그런데 회를 거듭할수록 겉모습이 달라지고 성적도 올라가니, 왠지 진짜 성공 스토리 같은 느낌이 된 거지. 독자가 점점 회장의 편이 되면서, 최종적으로는 당선까지 된 거야."

"그게 응원받는 스토리 만들기……? 즉, 고생하거나 노력하는 모습을 주위의 학생에게 보여주는 거구나?"

"역시 이해가 빠른걸. 바로 그거야."

머리 회전이 빠른 파트너를 향해 만족한 듯이 웃어준 마사치카는 카페오레를 입가로 가져갔지만…… 그는 아까부터 전혀 다른 생각에 빠져 있었다.

(대체 그 스푼은 어떻게 할 거야?)

즉, 아까 『아~』에 쓰였던 스푼이다.

지금은 아리사의 앞에 깔린 종이 냅킨 위에 놓여 있지만, 초콜릿 파르페는 아직 반 이상 남아있었다. 슬슬 먹지 않으면 아이스크림이 다 녹아버릴 것이다.

　과연 아리사는 그것을 눈치채지 못한 걸까, 아니면 눈치채지 못한 척을 하는 걸까…….

　한편 아리사는 마사치카가 준비한 교내 신문의 복사본을 열심히 읽고 있……는 척을 하며, 아까부터 전혀 다른 생각에 빠져 있었다.

　(이 스푼, 어떻게 하지?)

　……두 사람 다 같은 생각을 하고 있었다.

　영문 모를 경쟁심에 사로잡혀 『아~』를 해버린 아리사는 마음이 진정되자, 너무 부끄러운 나머지 죽고 싶어졌다.

　생각해보니 『아~』를 한 후에 그대로 파르페를 다시 먹었으면 됐다. 아무렇지도 않은 듯이 저 스푼으로, 당황한 마사치카를 놀려주면 그걸로 끝날 일이다. 그런데 스푼을 내려놓은 바람에, 그것을 언급하기가 어려워졌다.

　(그게…… 쿠제가 입으로 꼭 머금었던 거잖아……. 자제 좀 해! 정말 엉큼하다니깐!)

　확 책임 전가를 한 아리사는 스푼을 힐끔 내려다보더니…… 거기에 희미하게 남아있는 크림 흔적을 보고 고개를 휙 돌렸다.

　(쿠, 쿠제의, 입술이 닿았던 흔적이, 흐흐흐흐흐흐, 흔저

어어어억~~~~???)

내심 패닉 상태에 빠진 아리사는 눈이 빙글빙글 도는 것 같았다. 바로 그때, 마사치카가 머뭇거리며 입을 열었다.

"아…… 저기, 말이야. 뭐 좀 주문해도 될까?"

"뭐?"

아리사가 눈을 껌뻑이자, 마사치카는 주위를 둘러본 후에 멋쩍은 쓴웃음을 머금었다.

"음식 냄새를 맡았더니, 갑자기 배가 고프네……. 역시 아침은 거르면 안 되겠어."

"아…… 괜찮아."

아리사가 허락하자, 마사치카는 메뉴를 펼쳤다. 페이지를 넘기면서 적당한 메뉴를 고른 후, 점원 호출 버튼을 눌렀다. 그러자 곧 여성 점원이 나타났다.

"부르셨나요~."

"아, 주문해도 될까요?"

"네, 말씀하세요."

"으음…… 베이컨 시금치 소테, 본격 사천 마파두부, 밥, 그리고 물을…… 두 잔 부탁해요."

"네~. 베이컨 시금치 소테, 본격 사천 마파두부, 라이스, 그리고 물을 두 잔 말씀이시죠?"

"아, 혹시…… 마파두부에 매운맛을 추가할 수 있나요?"

"네, 가능해요."

"어, 가능한 거야?"

무심코 그렇게 말한 아리사가 부끄러운지 목을 움츠리자, 점원은 그녀를 향해 빙긋 미소 지은 후에 다시 마사치카를 쳐다보며 입을 열었다.

"두 배, 세 배, 다섯 배, 열 배까지 가능해요. 어떻게 해 드릴까요?"

"열 배는 얼마나 맵죠?"

"그게, 말이죠……."

점원은 주위를 힐끔 둘러본 후, 목소리를 낮춰서 말했다.

"솔직히 말해, 어마어마하게 매워요. 저도 맛을 본 적이 있는데, 한 입이 한계였죠. 그런 걸 먹으면 배탈 날 게 틀림없어요."

"배탈…… 좋네."

"뭐가 말이야?"

아리사가 진지한 표정으로 태클을 날렸지만, 마사치카는 못 들은 척했다.

"그럼 열 배 부탁드려요."

"알겠습니다~. 열 배군요. 더 시키실 건 없나요?"

"아, 그리고…… 새 스푼을 부탁드려요."

마사치카가 아리사의 앞에 있는 스푼을 쳐다보며 그렇게 말하자, 점원도 괜한 추측을 하지 않으며 고개를 끄덕였다.

"알겠습니다. 그럼 잠시 기다려주세요."

주방으로 돌아가는 점원을 배웅한 후, 아리사는 메뉴를 원래 위치에 두는 마사치카를 향해 불만 섞인 목소리로 말했다.

"그럴 필요 없는데……."

"스푼 말이야? 내가 부끄럽거든. 러시아에서는 아무 일 아닐지 몰라도, 일본의 남자 고등학생에게는 자극이 너무 강해."

"아, 그래……."

내키지 않는 척을 하며 고개를 끄덕인 아리사는 갑자기 흐흥 하고 웃으며 도발적인 미소를 머금었다.

"이 정도로 동요하다니, 쿠제는 참 숙맥이네. 여자애한테 익숙한 줄 알았는데 말이야."

배려를 해주고 이런 소리를 듣게 된 마사치카는 눈을 슬며시 치켜뜨며 반론했다.

"제가 보기엔, 아무렇지 않게 이런 짓을 하는 게 더 믿기지 않는데 말이지요. 러시아에서는 간접 키스가 횡행하고 있는 거야?"

굳은 미소를 머금으며 그렇게 말하자, 아리사는 미간을 살짝 모으며 입을 다물었다. 그리고 한동안 침묵에 잠긴 후, 불만 섞인 표정으로 이렇게 중얼거렸다.

【너 말고 딴 사람한테는 안 해. 바보.】

축하합니다, 마사치카 군. 아랴 양의 퍼스트 간접 키스를 차지했군요. 만세!

(고마워……. 나, 오늘 죽는 걸까?)

머릿속에서 그런 소리가 울려 퍼지자, 마사치카는 그윽한 눈길로 창밖을 쳐다보았다. 바로 그때, 아까 점원이 새 스푼을 가져왔다.

"오래 기다리셨습니다~. 이건 치워드릴까요?"

"아, 네……. 고마워요."

아리사가 새 스푼을 받아들자, 마사치카는 그윽한 눈길을 머금은 채 파르페를 권했다.

"자…… 빨리 먹어. 안 그러면 녹을 거야."

"……응."

순순히 고개를 끄덕인 아랴는 약간 삐뚤어진 파르페를 그대로 무너뜨리더니, 위에 있는 생크림부터 아래편의 콘 플레이크까지 전부 섞어서 입에 넣었다. 몇 분 만에 그것을 다 먹어 치우더니 「잘 먹었습니다」 하고 말하면서 냅킨으로 입가를 닦았다.

"그건 그렇고…… 참 잘 먹네."

"응? ……아하."

그 말에 고개를 갸웃거린 마사치카는 자기가 주문한 요리를 아리사가 간식이라 여긴다는 것을 눈치채고, 그 오해를 풀어줬다.

"그게, 오늘은 여기서 저녁 식사까지 해결할 생각이거든."

"……전에도 생각했던 건데, 집에 연락 안 해도 돼? 부모님이 식사를 준비해놓고 기다릴지도 모르잖아?"

"아, 지금 집에는 부모님이 안 계셔."

"아, 그렇구나……."

실은 편부 가정인 쿠제 가의 식사는 기본적으로 마사치카가 만든다. 아버지가 일 때문에 집을 비울 때도, 직접 만들어 먹었다.

"어차피 나 혼자뿐이니까, 집에 돌아가서 요리하는 것도 귀찮거든."

엄밀히 말하자면 연락도 없이 쳐들어와서 밥을 내놓으라고 하는 여동생은 있다. 하지만 어제 쳐들어왔으니 오늘 또 나타나지는 않을 것……이니, 괜찮다.

"요리…… 어, 쿠제는 요리도 할 줄 알아?"

아리사가 진심으로 놀란 표정을 짓자, 마사치카는 어깨를 으쓱했다.

"간단한 거라면 말이지. 간편하거나 대충 금방 완성되는 요리만 만드니까, 그렇게 거창한 건 못 만들어."

"그래도 의외야. 쿠제는 요리 같은 걸 귀찮아할 것 같았거든."

"뭐, 부정은 못 하겠네."

사실 마사치카는 요리를 좋아하지 않는다. 단순히 요리를 하는 편이 여러모로 편할 뿐이다.

막 중학생이 됐을 때는 아침은 빵, 점심은 학식, 저녁은 편의점 도시락으로 해결했다. 하지만 한 달도 지나기 전에 빵에 질렸다. 매일 사러 가는 것도 귀찮다. 그러던 어느 날, 텔레비전에서 나온 간편 요리라는 것을 한 번 만들어 봤는데, 먹을 걸 사러 가는 시간이나 요리 및 설거지를 하는 시간이 별반 다르지 않다는 사실을 깨달았다.

게다가 아버지가 집을 비운 날에는 마사치카에게 식비로 하루 2천 엔이 주어졌다. 남는 돈은 용돈으로 삼아도 되기에, 직접 만들어 먹는 편이 돈도 아낄 수 있었다. 그런 득실을 고려해본 결과, 직접 요리를 하게 된 것이다.

"그러는 아랴는 어때? 요리 잘해?"

이 완벽 초인이라면 요리도 어느 정도는 할 줄 알 것 같다고 생각하며 마사치카는 물어봤지만…….

"……."

아리사는 아무 말 없이 고개를 돌렸다. 마사치카는 눈치챘다.

"뭐, 고1인데 요리를 할 줄 아는 사람이 소수파일 거야."

"못하는 건, 아냐……. 그저, 시간이 걸릴 뿐이야."

"아…… 혹시, 채소를 썰 때는 같은 길이와 굵기로 만들려고 정성 들여 써는 타입이야?"

"뭐, 그래. 그리고 재료가 균일하게 익었는지, 조미료가 정확한 양과 농도로 들어갔는지 신경 쓰여서……."

"그러다 다 태우겠네."

"……."

정곡을 찔린 건지, 아리사는 거북한 표정으로 멜론 소다를 마셨다.

마사치카는 완벽주의자인 아리사답다고 생각하며 쓴웃음을 머금었다. 요리에는 정확함도 중요하지만, 그 이상으로 중요한 것이 바로 요령이다. 마사치카는 중요한 부분을 지키면서 다른 부분은 적당히 넘어가는 식으로 요리를 하는데, 완벽주의자인 아리사는 그 『적당히』가 안 되는 것이다.

"……신경 쓰이는 걸 어떻게 해. 마샤가 대충대충 요리하는 걸 보면 너무 신경이 쓰여……."

"아~ 그건 상상이 되는걸."

평소처럼 푸근한 미소를 머금은 마리야가 프라이팬에 식재료와 조미료를 대충 넣는 모습을 상상해 보니, 진짜로 그럴 것 같아서 웃음이 났다. 여동생과는 반대로, 언니는 너무 적당적당이라 문제인 걸까, 라는 생각이 들었지만…….

"하지만, 어찌 된 건지 요리는 또 맛있다니깐……."

"그냥 요리를 잘하는 사람이네~."

마리야 씨는 요리를 잘하는 것 같았다.

(맙소사. 그 사람, 진짜로 흠잡을 데가 없네.)

이제 와서 『마샤 씨, 실은 여동생보다 스펙이 뛰어나다 설』이 부상하자, 마사치카는 이마를 손으로 눌렀다. 그런 마사치카의 모습에 거북해진 건지, 아리사는 손을 흔들며 화제를 돌렸다.

"그건 그렇고 말이야. 구체적으로 어떤 식의 스토리를 생각하고 있는 거야?"

"어, 으음…… 그래. 어디까지 이야기했더라?"

"켄자키 회장이 했던 것처럼, 학생에게 응원받게 되는 스토리를 만들자는 부분까지야."

"아, 그랬구나……."

아리사가 마음을 다잡으며 이야기를 본론으로 돌리자, 마사치카가 표정을 굳히며 사고회로를 전환했다.

"뭐, 아랴도 말했다시피 우선은 노력하는 모습을 보여야 해. 구체적으로는…… 1학기 방학식에서 말이지."

"1학기 방학식? 혹시, 학생회 임원 인사?"

아리사가 눈치를 챈 듯한 반응을 보이자, 마사치카도 고개를 끄덕였다.

"그래. 명목상으로는 『이번 연도는 이 멤버로 운영할 겁니다~』라는 학생회 인사 자리야."

"확실히 그 이후로는 기본적으로 새로운 멤버가 추가되는 일은 없지?"

"맞아. 매년 1학기에는 멤버 변경이 심하지만, 그 인사 이후로는 나가는 일은 있더라도 들어오는 일은 없어. 그리고…… 그 인사는 우리 1학년 멤버에게 있어, 회장 선거

출마 표명의 자리이기도 해."

"듣고 보니, 작년에도 그런 느낌이었어⋯⋯."

중등부 3학년 때를 떠올리며 고개를 끄덕이는 아리사에게, 마사치카가 진지한 표정으로 말했다.

"전교생 앞에서 하는, 첫 소신 표명 연설인 거야. 그게 얼마나 중요할지는 말할 필요도 없지?"

"그, 래⋯⋯."

아리사도 진지한 표정을 지으며 생각에 잠겼다. 잠시 고개를 숙인 채 뭔가를 생각하는 것 같더니, 갑자기 불안한 표정을 지으며 마사치카를 힐끔 쳐다봤다.

"⋯⋯어떤 식으로 인사를 하면 좋을까?"

아리사는 작은 목소리로 그렇게 말하며 파트너에게 의지하려 했지만, 마사치카는 딱 잘라 이렇게 말했다.

"네가 하고 싶은 말을 하면 돼. 솔직한 마음을 네 목소리에 담아 이야기하는 편이 듣는 사람에게도 잘 전해질 거야."

"뭐야. 구체적인 조언은 안 해주는 거야?"

모처럼 의지하려고 했는데 이런 반응이 돌아오자, 아리사는 불만을 표시하듯 미간을 찌푸렸다. 그러자 마사치카는 어깨를 으쓱했다.

"괜한 짓을 안 해도, 너는 있는 그대로도 충분히 응원해주고 싶어지는 인간이야. 말에 부족한 부분이 있다면 내가 서포트해줄 테니까, 너는 네 생각을 솔직히 이야기하면 돼."

마사치카가 가벼운 마음으로 한 말을 듣고…….

"아, 응……."

아리사는, 멋쩍어했다. 불만 어린 표정은 부끄러워하는 표정으로 바뀌더니, 안절부절못하듯 주위를 두리번거렸다. 그리고 머리카락 끝을 손가락으로 만지작거리면서 무슨 말을 하려고 입을 벌리더니, 잠시 생각한 후에 러시아어로 중얼거렸다.

【……어디가 말이야?】

아리사가 힐끔힐끔 쳐다보며 「칭찬해줘~」 하고 러시아어로 조르자, 마사치카는 그윽한 눈길을 머금었다.

(바로 그런 부분을 말하는 거야, 젠장~. 되게 귀엽네~.)

마사치카가 마음속으로 그렇게 투덜거리고 있을 때, 주문한 요리가 나왔다.

"더 주문하실 건 없으신가요~?"

"없어요."

"네~. 그럼 식사 맛있게 하세요~."

점원이 사라진 후에 아리사 쪽을 힐끔 쳐다보니, 마사치카의 의중을 눈치챈 아리사가 「식사해」 하고 말했다.

"그럼…… 잘 먹겠습니다."

약간 머뭇거리며 그렇게 말한 마사치카는 우선 하얀 접시에 담긴 베이컨 시금치 소테부터 맛봤다. 애피타이저 느낌으로 비운 후, 이번에는 메인 요리인 얇은 강철 냄비 안에서 부글부글 끓고 있는 마파두부를 먹기로 했다.

적당히 흐물거리는 새하얀 두부를 마그마처럼 검붉은 국물과 함께 수저에 뜬 후, 대충 식힌 후에 입 안에 넣었다.

"흐음…… 패밀리 레스토랑치고는 꽤 신경 썼는걸."

잇몸을 찌르는 듯한 매운맛을 느낀 마사치카는 만족한 것처럼 고개를 끄덕였다. 아리사는 미간을 좁힌 채 그 모습을 쳐다보고 있었다.

"……그거, 맛있어?"

"응? 그럭저럭 괜찮네. 맛이라도 볼래?"

마사치카는 그렇게 말한 후, 「아차」 하고 생각했다.

혼자만 식사를 하는 거북한 상황과 아까 전의 「아~」 때문에 무심코 그렇게 말했지만, 생각해 보니 이 음식은 너무 매워서 아리사가 먹을 수 있을 리 없다.

하지만 한번 뱉은 말을 취소하는 것도 좀…… 하며 마사치카가 망설이고 있을 때, 아리사 또한 망설이고 있었다.

솔직히 말해, 딱 봐도 치명적으로 보이는 위험물을 맛보고 싶지 않다. 하지만 됐다고 말하면, 실은 자기가 매운 음식을 좋아하지 않는단 사실을 들킬지도 모른다.

(물도 있어. 멜론 소다도 조금 남아 있잖아. 괜찮아. 한 입 정도는 먹을 수 있어.)

가지고 있는 음료의 잔량을 확인한 후, 아리사는 결심을 굳혔다.

"그럼, 한 입만……."

"아~ 응……. 오케이."

아리사의 생각을 정확하게 추측하면서도, 마사치카는 눈치채지 못한 척을 하며 작은 접시를 향해 손을 뻗었다.

하다못해 두부를 많이 담아주자고 생각하며 마파두부에 수저를 집어넣은 순간…… 발굴하고 말았다. 시뻘건, 폭탄을…….

"어라, 엄청나네. 고추를 통째로 집어넣었어."

"윽?!"

발굴한 시뻘건 흉기를 수저 위에 둔 채, 아리사를 힐끔 쳐다보니…… 그녀는 강아지 같은 눈망울로 쳐다보고 있었다. 희미하게 젖은 푸른 눈동자가 「필요 없어. 그거 필요 없어」하고 호소하는 것만 같았다. 그 눈을 보자…… 마사치카의 내면에서, 천사와 악마가 모습을 드러냈다.

어찌 된 건지 조그마한 마리야의 모습을 한 천사가, 상냥하게 타이르듯 말했다.

『안 돼. 아랴한테 그런 짓을 하면, 맴매할 거야.』

한편, 어찌 된 건지 조그마한 유키의 모습을 한 악마가, 음험한 목소리로 부추기듯 말했다.

『쿠헤헤. 확 저질러버려, 오빠. 알고 있거든? 울상 짓는 아랴 양을 볼 때마다, 흥분되지 않아? 응?』

천사의 설득과, 악마의 유혹. 상반된 감정에 휩싸인 마사치카는 이를 악물었다.

(큭, 나는…… 나는……?!)

마사치카는 부들부들 떨면서 손에 든 흉기를 내려놓을지 말지 갈등했다. ……이 부분만 따로 보면 전장에서 총을 쏠지 말지 갈등하는 것 같지만, 이건 어디까지나 고추다. 패밀리 레스토랑에서 뭐 하는 건가 싶었다.

『여자애를 괴롭히는 건 옳지 않은 짓이야. 쿠제는─.』

『방해하지 말라고!!』

『꺄앗!』

마음속에서 조그마한 유키가 몸통 박치기를 날리자, 조그마한 마리야는 「어~머~」 하면서 그대로 날아갔다. 순식간에 결판이 났다. 천사와 악마의 전투력은 극심하게 차이 났다.

(아랴, 용서해줘.)

마음속으로 사과한 마사치카는 자기 내면의 악마에게 혼을 팔았다.

"자, 이게 가장 맛있는 부분이야."

"……고마워."

나, 지금 진짜 잔악무도한 짓을 하고 있어.

미소를 머금은 채 남의 일인 것처럼 그렇게 생각한 마사치카는 아리사에게 접시를 건네줬다. 그녀는 테이블 가장자리에 놓인 젓가락 통에서 젓가락을 꺼내더니, 두부를 집어서 입에 넣었고…… 접시를 내려두며 눈을 감았다.

"……어때?"

"……나쁘지 않네."

아리사는 표정을 바꾸지 않으며 그렇게 말했다. 하지만 마사치카는 눈치챘다. 테이블 위에 놓인 아리사의 두 손이 부들부들 떨리고 있었다. 금방이라도 마실 것을 향해 뻗고 싶은 왼손을, 오른손으로 필사적으로 움켜잡고 있었다. 눈치챘지만…….

(미안해, 아랴.)

피치 못할 이유로 친구를 배신하고 만 캐릭터 같은 대사를 마음속으로 토하며, 마사치카는 구김 없는 미소를 머금었다.

"아랴…… 메인 요리가, 남아있어."

"……."

한순간, 아리사는 여자애가 머금어선 안 될 듯한 눈빛을 머금었다. 하지만 마사치카는 눈치채지 못한 척했다.

마사치카의 미소에 등이 떠밀린 것처럼, 아리사는 접시에 남아있는 고추를 그대로 입에 집어넣었다. 그리고, 오른손으로 입을 감싸며 고개를 깊이 숙였다.

"……아랴?"

【바보.】

마사치카가 말을 건네자, 돌아온 것은 여리기 그지없는

러시아어였다.

【바보, 바보.】

표정을 보여주지 않으며, 울먹이는 목소리로 바보라는 말을 연이어 입에 담았다. 그것은 마사치카에게 하는 말일까, 아니면 고집을 부린 자신에게 한 말일까…….

"일단 물을 마시는 편이 좋지 않을까? 응?"

【바보…….】

마사치카는 너무 심한 짓을 한 것 같아 반성하면서 물을 권했지만, 아리사는 그저 바보라는 말만 계속 입에 담았다. 결국 그 후에는 대화를 나누지 못했고, 서둘러 식사를 마친 마사치카는 아리사가 회복되기를 기다린 후에 패밀리 레스토랑을 나섰다.

"……이야기에 너무 몰두했었나 봐."

"……그래."

아리사가 어두워진 밖에 나와 그렇게 말하자, 마사치카는 「네가 계속 죽어있는 바람에 이렇게 시간이 흐른 거야」하고 생각하면서 죄책감 때문에 고개를 돌렸다. 하지만, 후회는 하지 않았다. 항상 당당하던 아리사가 울상을 짓고 있는 모습은 꽤 자극적이었던 것이다. 빌어먹을 쓰레기 자식이라 부르고 싶으면 얼마든지 그렇게 불러라.

"그러고 보니…… 유키 양은 어떻게 할 생각일까?"

"뭐?"

뜻밖의 이름을 듣고 고개를 들어보니, 아리사는 약간 거북한 표정을 지으며 마사치카를 힐끔 쳐다봤다.

"그게…… 쿠제가 나와 입후보를 하기로 했으니, 유키 양은 새로운 파트…… 부회장 후보가, 필요할 거잖아?"

"……그래."

무슨 말을 하려다 만 건지 눈치챘지만, 마사치카는 그냥 넘어갔다. 아리사는 그런 마사치카를 노려보면서, 불만 섞인 어조로 말을 이었다.

"아까도 이야기했다시피, 1학기 방학식에서 학생회 멤버가 고정되잖아? 지금 부회장 후보를 찾아둬야만 하지 않겠어?"

"뭐, 그 녀석의 인기는 엄청나니까 누구든 상관없을 것 같은데 말이야……."

나처럼 인지도가 전혀 없는 녀석을 데리고도 당선됐을 정도거든, 하고 덧붙여 말한 마사치카는 어깨를 으쓱했다. 하지만 옆에서 할 말이 있는 듯한 시선이 날아오자, 그는 거북한 듯이 머리를 긁적였다.

"아무튼, 그 녀석은 교우관계가 넓으니까 적당히 아무나 뽑지 않을까 싶네."

그렇게 말한 마사치카는 유키의 파트너가 누구일지 곰곰이 생각해봤다.

"평범하게 생각하면 예전 학생회 멤버 중 한 명이겠지…….

"으음…….."

그러자, 아까 언뜻 본 소녀의 뒷모습이 자연스레 뇌리에 떠올랐다.

"그래……. 타니야마를 데려온다면 꽤 성가실 거야……."

"타니야마? 누군데?"

"타니야마 사야카. 중등부 시절에 유키와 학생회장 자리를 끝까지 다퉜던 녀석이야. ……어라? 모르는 거야?"

"몰라."

아리사가 고개를 좌우로 젓자, 마사치카는 미간을 모으며 고개를 갸웃거렸다.

마사치카는 예전에 학생회에 들어왔다가 금방 관둔 여러 여학생 중에 그녀도 있을 거라고 생각했다.

(그 녀석, 회장이 되는 걸 관둔 걸까……?)

예전에 함께 학생회 업무에 힘썼고…… 회장 선거에서 쓰러뜨리고 말았던 소녀를 떠올리자, 마사치카는 쓰디쓴 감정이 가슴속에서 되살아났다.

"쿠제?"

"아, 그게…… 뭐, 곧 알게 되겠지. 누구인지 안 후에 생각하면 돼."

"그, 래……."

아리사는 약간 미심쩍은 표정을 지으며 고개를 끄덕였다. 마사치카도 머릿속을 정리하며, 유키가 파트너로 뽑을 만한 중등부 시절 학생회 멤버를 생각해봤다.

하지만 그 의문의 답은, 마사치카의 예상보다 훨씬 빨리 밝혀졌다. 다음 날 방과 후의 일이었다. 그리고, 유키가 데려온 학생은…… 학생회 멤버 출신이, 아니었다.

"아야노."

"네, 유키 님."

학생회실의 문 앞에 선 유키의 말에 따라, 그녀의 대각선 뒤편에 시립한 여학생이 소리 없이 앞으로 나섰다.

그리고, 양손을 앞으로 모으며 아름답게 예를 표하더니, 자리에 앉은 다섯 명의 학생회 멤버와 차례차례 눈을 맞추면서 억양 없는 목소리로 자기소개를 했다.

"여러분, 처음 뵙겠습니다. 저는 1학년 C반의 키미시마 아야노라고 합니다. 오늘부터 학생회 서무로서 여러분과 함께 일하게 됐습니다. 부디 잘 부탁드립니다."

표정에 아무런 변화 없이 물 흐르는 듯한 어조로 그렇게 그렇게 말한 후, 또 한 번 예를 표했다.

그 로봇 같은 언동을 접한 학생회 멤버는 정도의 차이는 있지만 다들 당혹스러워하면서도, 각각 그녀에게 인사를 건넸다.

"쿠제?"

"……"

그런 와중에, 마사치카는 완전히 뜻밖의…… 하지만 유

키가 진심이라는 것을 깨닫게 해주는 인물의 등장에, 표정을 굳혔다. 아리사의 말에 답할 여유도 없이, 미간을 모은 채 아야노를 지그시 응시했다.

바로 그때, 아야노가 고개를 돌려서 마사치카의 눈을 정면에서 지그시 응시했다.

그리고 그제야 처음으로 눈동자에 감정의 빛이 희미하게 어리더니, 조용한 목소리로 말했다.

"같은 서무로서, 앞으로 잘 부탁드립니다…… 마사치카 님."

키미시마 아야노. 그녀는 유키를 모시는 종자이자…… 한때, 마사치카의 종자였다.

제 5 화 **크다는 건 좋은 거야**

"좋았어~. 점심시간이다~. 마사치카, 히카루. 너희는 어쩔 거야? 나는 오늘 점심거리를 사 왔거든."

"흐음, 별일이 다 있네."

"학식만 먹더니 질렸다고~."

"나는 오늘 도시락이야."

"어, 그래? 그럼 나도 매점 가서 뭐라도 사 올까."

"아~, 나도 마실 것만 사 와야지."

교실을 나선 후에 히카루와 헤어진 마사치카는 건물 1층에 있는 자판기를 향해 걸어갔다.

하지만 계단 앞에 도착했을 때, 등 뒤에서 누군가가 말을 걸어왔다.

"마사치카 님."

바로 등 뒤에서 들려온 그 목소리에 한순간 움찔했지만, 목소리의 주인이 누구인지 눈치챈 마사치카는 태연한 척 뒤를 돌아봤다.

"아야노…… 무슨 볼일이야?"

등 뒤에 나타난 이는 어제 학생회에 들어온 키미시마 아야노였다. 유키의 종자이자, 마사치카에게 있어서는 진정한 소꿉친구라 할 수 있는 존재다.

"갑자기 찾아와서 죄송합니다. 시간을 좀 내주실 수 있으신지요."

단정히 고개를 숙이며 무례를 사과한 아야노는 긴 앞 머리카락 사이로 드러난, 감정을 읽을 수 없는 눈동자로 마사치카를 지그시 응시했다.

"……알았어. 인적이 없는 장소가 좋겠지?"

"감사합니다. 이쪽으로 오시죠."

이미 적당한 장소를 파악해뒀던 건지, 아야노는 마사치카의 앞으로 나서며 안내하기 시작했다.

(여전히, 닌자 같은 녀석이라니깐.)

저 꼿꼿한 등을 쳐다보면서, 마사치카는 마음속으로 중얼거렸다. 왜 그렇게 생각하냐면…… 아야노는 일반적인 기준으로 볼 때 충분히 미소녀라 할 수 있는 외모를 지녔지만, 놀라울 정도로 존재감이 없었다. 크다고는 할 수 없는 목소리가 또렷이 들릴 거리까지 다가서더라도, 상대방이 접근을 눈치채지 못할 정도다.

……아니, 존재감이 없다는 애매모호한 표현은 관두자. 그저 온갖 동작을 취하면서 전혀 소리를 내지 않고, 주위 인간이 시선을 뗀 순간에 움직이기에 주의를 기울이지 않으면 눈치챌 수 없다. 어느새 모습을 감추기도 하고, 어느

새 주위에 나타나기도 했다.

(뭐, 본인한테 악의가 없으니 아무 말도 못 하지만 말이야…….)

아야노는 딱히 누군가를 놀래주려고 이런 식으로 행동하는 게 아니다. 원래부터 무뚝뚝, 무음(無音), 무표정했다. 애초에 아야노는 먼저 누군가에게 말을 거는 일이 거의 없기에, 놀래줄 생각이 있을 리 없다. 어릴 적부터 알고 지낸 마사치카조차도, 아야노가 자발적으로 말을 걸어오는 일 자체가 매우 희귀한 경험이었다.

"여기입니다."

빈 교실 앞에 멈춰선 아야노는 소리 없이 문을 열더니 (미닫이문으로 어떻게 그런 짓이 가능한 건지는 모르지만), 마사치카에게 안으로 들어갈 것을 권했다.

순순히 교실에 들어가자, 아야노는 또 소리 없이 문을 닫은 후에 불을 켰다. 그리고, 마사치카의 앞으로 와서 또 예를 표했다.

"마사치카 님의 귀중한 시간을 빼앗아서—."

"아, 됐으니까 본론으로 들어가 줄래?"

"실례했습니다. 그럼—."

고개를 든 아야노는 마사치카를 응시했다. 그녀는 평소와 마찬가지로 무표정했지만, 그 눈매는 왠지 평소보다 굳어있는 것처럼 보였다.

"유키 님께 들었습니다. 마사치카 님은 쿠죠 님과 선거전에 입후보하신다죠? 그건 틀림없는 사실입니까?"

"……그래."

마사치카가 고개를 끄덕이자, 아야노는 잠시 고개를 숙였고…… 다시 고개를 들자, 그녀의 눈에는 차가운 빛이 어려 있었다.

"당주님께서는 이번 일을 매우 불쾌하게 느끼고 계십니다."

"윽!"

아야노가 알려준 정보를 듣고, 마사치카는 숨을 삼켰다. 아야노가 말한 당주란, 마사치카와 유키에게 있어 외조부에 해당하는 스오우 가문 현 당주다.

"스오우 가문을 버리신 마사치카 님이 유키 님의 앞길을 가로막는 게 당치도 않다 하시며, 매우 진노하신 듯합니다."

"……."

그것은 마사치카에게 뜻밖의 일은 아니었다. 스오우 가문의 체면을 무엇보다 중시하는 외조부가 마사치카의 이번 결단을 반기지 않으리란 것은 어찌 보면 당연했다.

스오우 가문의 후계자로서 엘리트 코스를 걷고 있는 유키의 앞길을, 스오우 가문을 버린 마사치카가 가로막는다는 것은 조부가 용납할 수 있는 일이 아니리라.

뻔한 반응이다. 이렇게 될 것을 예상할 수 있었을 텐데……

왜, 거기까지 생각이 미치지 못했던 걸까.

(망할 영감…….)

기억 속의 조부를 향해, 마사치카는 마음속으로 욕을 퍼부었다.

애초에 마사치카와 유키가 대외적으로 소꿉친구란 설정을 관철하고 있는 것 자체가 조부의 의향 때문이다. 마사치카가 보기에는 어처구니없는 일이지만, 조부로서는 원래 후계자인 마사치카가 가문을 버렸다는 사실이 스오우 가문에 있어 추문이라 한다. 그래서 집을 떠나는 조건으로, 마사치카는 앞으로 스오우 가문의 피를 이었다는 것을 절대 입에 담지 않기로 약속해야만 했다.

마사치카는 이 약속을 지켜야 할 이유가 없지만, 조부의 기분을 상하게 했다간 그 불만의 칼끝은 스오우 가문에 남은 여동생을 향할 것이다.

그것을 알기에, 마사치카는 사랑하는 여동생을 위해 조부와의 약속을 이제까지 지켜왔다. 조부의 의향에, 순순히 따랐다.

"그래서? 내 진의를 물어보라고 너를 보낸 거야?"

"……아뇨. 어디까지나 제 의지에 따라 마사치카 님을 찾아온 겁니다."

"흐음?"

조부의 명령일 거라고 생각했던 마사치카는 아야노의 말

을 듣고 눈을 치켜떴다. 마사치카가 뜻밖이라는 표정을 짓자, 아야노는 차가운 눈동자로 그를 쳐다보며 진지하기 그지없는 목소리로 말을 이었다.

"주인께서 나아갈 길을 닦는 것 또한, 종자의 소임입니다. 저는 유키 님의 종자로서, 주인과 적대하는 자의 진의를 파악해둘 필요가 있습니다."

"되게 충성스럽네. 사무라이냐."

놀리듯 그렇게 말하면서도, 마사치카의 목소리에는 모멸이나 조소가 어려 있지 않았다. 말은 거창하지만, 그 안에 담긴 의지에는 거짓이 없다는 것을 알기에, 마사치카 또한 등을 꼿꼿이 펴며 자세를 고쳤다.

(어째서, 일까…….)

그리고, 자신의 행동을 돌이켜보았다. 아리사와 함께, 유키의 대립 후보로 입후보한다. 평범하게 생각하면, 이건 쿠제 마사치카가 내릴 리 없는 결단이다. 조부의 심기를 건드리고, 사랑하는 여동생과 적대하면서까지, 자기는 무엇을 얻으려는 걸까.

부회장으로서의 명예? 그런 것에는 흥미 없다. 마사치카는 그저…… 아리사를 내버려 둘 수 없었다. 결국, 그게 전부다.

"저는…… 믿었습니다."

마사치카가 말없이 생각에 잠기자, 아야노는 비난하는 듯한 눈길로 그를 쳐다보았다.

"마사치카 님이…… 유키 님을 슬프게 할 일은 절대 하지 않으시리라고 믿었습니다. 제 생각이…… 틀렸던 겁니까?"

"……."

아야노가 쓰디쓴 어조로 그렇게 말하자, 마사치카는 슬퍼졌다. 경애하는 주인을 위해, 일부러 미움받는 역할을 자처하는 이 눈앞의 소녀를 보니 슬펐다.

언뜻 보기엔 감정이 없어 보이는 이 소녀가, 실은 유키와 마찬가지로 정이 깊고 마음씨가 상냥한 인간이라는 것을 마사치카는 잘 알고 있다. 실은 누군가를 탓하거나 비난하는 짓을 하지 못하는 애다. 누군가를 공격하면 할수록, 자기도 상처 입고 만다. 그런, 너무나도 상냥한 애다.

그런 그녀가, 고통을 참으며 적의를 드러내고 있다. 그 사실이, 너무나도 슬펐다. 그리고, 그 원인이 자기 자신이라는 게 괴로웠다.

(좀 더 일찍…… 신경을 써줘야 했어.)

마사치카는 후회를 곱씹으며 표정을 고치더니, 진심을 담아 아야노와 시선을 마주했다. 그녀의 눈동자를 똑바로 바라보며, 한 점의 거짓 없는 진심에서 우러난 자신의 의지를 전했다.

"나는, 유키와 적대하려고 입후보를 결심한 게 아냐. 아랴와 입후보하기로 결심한 결과……, 유키와 적대하게 됐을 뿐이야."

"그건…….."

마사치카가 솔직한 목소리로 그렇게 말하자, 아야노의 눈동자가 흔들렸다. 하지만, 그녀는 다시 날카로운 시선을 머금으며 추궁을 이어갔다.

"순서가 어찌 됐든 간에, 마사치카 님께서 유키 님과 적대하게 됐다는 사실에는 변함이 없습니다. 마사치카 님에게, 쿠죠 님과 함께 입후보하는 것이 그렇게 중요한 일입니까? 유키 님을 배신해서 상처 입히는 것도 감수할 일인지요?"

"……그래."

일부러 과격한 표현을 쓴 추궁에, 마사치카가 주저 없이 고개를 끄덕이자…… 이번에야말로 아야노는 흔들렸다. 눈동자에 당혹스러움과 애절함이 어린 아야노를 향해, 마사치카는 진지한 어조로 말했다.

"왜인지는…… 나도 모르겠어. 그래도 할 거야. 나는, 내 모든 힘을 다해서 아랴를 학생회장으로 만들겠어. 그러기로, 약속한 거야."

"그건…… 특별한 감정을, 가지고 있기 때문입니까? 마사치카 님은, 쿠죠 님을——."

"아냐."

그 점에 대해서는 단언할 수 있었다. 자기가 아리사를 돕는 건, 연애 감정 때문이 아니다. 그럼 무엇 때문이냐고

묻는다면…… 스스로도 알 수 없었다. 동기를 모르는 채, 그저 결의만이 존재했다.

"내가, 내 의지로 내린 결정이야. 유키와는 상관없어. 스오우 가문도 안중에 없어."

"……."

"그러니까…… 할아버지한테 전해. 이번 건으로 유키를 꾸짖지 마. 불만이 있으면 나를 찾아와서 직접 말하라고 말이야."

"……알겠, 습니다."

마사치카의 말을 들은 아야노가 눈을 살짝 치켜뜨면서 몸을 부르르 떨더니, 깊이 고개를 숙였다. 그리고, 고개를 숙인 채 물었다.

"마지막으로 하나만, 더 묻겠습니다. 유키 님을 향한, 마사치카 님의 감정은…… 지금도, 변함이 없습니까? 마사치카 님은, 유키 님을 어떻게 생각하고 계시지요?"

"유키는, 나한테 있어 이 세상에서 가장 소중한 인간이야. 그 마음에는 변함없어."

주저 없이 그렇게 말한 마사치카는 시선을 약간 내리깔면서 아야노에게 부탁했다.

"그러니, 부탁할게. 지금의 나한테는 이런 말을 할 자격이 없다는 건 알지만…… 그 녀석의 버팀목이 되어줘."

"……알겠습니다. 마사치카 님의 마음을 확인해서, 기쁩니다."

긴 앞 머리카락으로 표정을 숨긴 채 그렇게 말한 아야노는 뒤돌아서며 문 쪽으로 향했다.

"귀중한 시간을 내주셔서, 감사합니다. 그럼 이만 실례하겠습니다."

그리고 문 앞에서 인사를 한 후, 교실을 나섰다. ……평소 같으면, 마사치카가 나갈 때까지 기다렸을 텐데 말이다.

"실망, 시킨 걸까……."

활짝 열린 문이 아야노의 심정을 표현하고 있는 느낌이 들자, 마사치카는 쓰디쓴 표정으로 혼잣말을 중얼거렸다.

(뭐, 상황만 본다면『그 녀석은 내가 없으면 안 돼. 너는 이제 내가 없어도 괜찮지?』하고 말하며 바람피우는 인간쓰레기 자식이나 다름없잖아……. 쓰레기인 건 사실이긴 하네.)

마음속으로 그렇게 자조한 마사치카는 앞 머리카락을 거칠게 쓸어 올렸다.

"알고는 있었지만…… 괴로운걸."

소꿉친구인 소녀에게서 느낀 적의가, 예상 이상으로 마사치카의 마음에 깊숙이 박혔다.

자신의 행동이, 자기에게 있어 가장 가까운 사이인 두 소녀에게 상처를 입혔다는 사실에, 마사치카는 마음이 아팠다.

그래도, 불가사의하게도 후회는 하지 않았다. 아리사와

함께 걷겠다는 의지에, 흔들림은 없었다. 없지, 만…… 그래도 마음은 가라앉았다.

"하아……."

한숨을 내쉬며 고개를 푹 숙인 마사치카는 마실 것을 산다는 목적을 잊은 채, 터벅터벅 교실로 돌아갔다.

"아, 돌아왔네. 어라…… 마실 건 어떻게 한 거야?"

"뭐? 아……."

타케시의 지적을 듣고서야 교실을 나섰던 목적을 떠올렸지만, 마사치카는 다시 마실 것을 사러 갈 의욕이 없었다. 아니, 식욕 자체가 깨끗이 사라졌다.

"뭐, 물이 있으니 됐어."

"응? 그래?"

집에서 가져온 물통을 흔들어 보이자, 타케시도 뭔가를 느낀 건지 더는 추궁하지 않았다. 그 순간에 빵을 사서 돌아온 히카루가 자기 책상을 돌려서 마사치카의 책상과 붙였다.

"……본인이 없으니까, 아랴의 책상을 쓰지 그래?"

일부러 떨어진 곳에 있는 자기 의자를 가지고 온 타케시에게 그렇게 말하자, 그는 비어 있는 창가 가장 뒤편의 자리를 쳐다보며 쓴웃음을 흘렸다.

"솔직히 말해 아랴 공주의 자리에 앉아보고 싶긴 하지만, 왠지 살해당할 것 같으니까 사양할래."

"호들갑이 심한 거 아냐?"

"아니, 아랴 공주가 아니라…… 반 애들한테 죽을 것 같거든."

"……아하?"

확실히 죽지는 않더라도 남학생들이 애정을 담아 들들 볶아댈지도 모른다. 특히 이 학교에서는 책상 오른쪽 구석에 이름표가 붙어 있어서, 누구 책상인지 바로 알 수 있다.

1년 동안 같은 책상을 쓰게 되는 만큼, 학생은 자연스레 학교 비품을 소중히 다루게 될 것이다……라는 것을 노린 듯한데, 그 탓에 가벼운 마음으로 다른 학생의 책상을 이용하기 어려워지기도 했다.

(뭐, 여자애 이름이 계속 눈에 들어온다면 좀 그렇기도 할 거야.)

타케시의 말에 납득한 마사치카는 도시락통을 열었다.

"……그게 뭐야?"

"The☆어제 남은 반찬."

"보면 알아."

마사치카의 2단 도시락의 위 칸에는 햄버그가 굴러다니고 있었고, 아래 칸에는 흰쌀밥이 가득 담겨 있었다. 위쪽은 갈색, 아래쪽은 흰색. 햄버그에 곁들인 브로콜리가 그나마 색감을 살려주고 있었다. ……그것도 약간 시든 느낌이지만 말이다.

"뭐, 맛있어 보이기는 하지?"

"남자가 싼 도시락 느낌이 어마어마하네."

"뭐, 남자가 싼 도시락이 맞긴 하잖아."

절친 두 사람이 쓴웃음을 짓자, 마사치카는 어깨를 으쓱했다. 이 두 사람은 마사치카가 편부 가정이라는 것을 알기에, 마사치카도 딱히 개의치 않으며 식사를 시작하려 했다.

"잘 먹겠습니다."

"잘 먹겠습니다."

"잘 먹겠습니다~."

다들 그렇게 말한 후에 식사를 시작하려 했지만…… 마사치카는 아까 일 때문에 식욕이 없었다. 어쩔 수 없이 먹는 티를 팍팍 내면서 담담하게 젓가락질을 했다.

그런 마사치카를 보고 뭔가를 느낀 타케시는 편의점 도시락이 들어 있던 비닐봉지에서 만화 잡지를 꺼냈다.

"이봐, 이것 좀 봐. 이번 주의 그라비아 아이돌은 『블루♡밍』 전원 집합이야."

타케시가 흥분한 어조로 그렇게 말하며 가리킨 것은 현재 인기 급상승 중인 12인 아이돌 그룹이었다. 평소 이런 화제에 관심을 보이지 않는 히카루도 마사치카의 태도에서 뭔가를 느낀 건지, 그 이야기에 끼어들었다.

"요즘 텔레비전에도 꽤 나오는 것 같더라. 청초 노선인 줄 알았는데, 수영복 그라비아 모델 같은 것도 하나 보네?"

"멤버 전원이 함께 나온 건 이번이 처음 같아. 오, 맙소사. 이 애, 의외로 육감적인 타입이었구나……."

비키니를 입은 여자애의 사진을 본 타케시가 엉큼한 표정을 지었다.

"이봐, 마사치카는 누가 취향이야?"

"아, 나는 아이돌을 잘 몰라. 그룹명은 알지만, 이름을 아는 멤버는 한 명도 없어."

"아저씨 같은 소리 말라고……. 그럼 좋아하는 연예인은 누구야? 여배우든, 아이돌이든, 상관없어."

"으음…… 나, 특정 연예인의 팬이 된 적은 없어. 좋아하는 연예인이라면 있지만 말이야."

"뭐어~? ……그럼 성우는 어때? 여성 성우 중에 좋아하는 사람은 없어?"

"나, 성우한테는 관심이 없거든……."

"뭐야. 그럼 히카루는 어때?"

"내가 연예인 같은 걸 하는 번쩍번쩍한 여자애를 좋아할 것 같아?"

타케시의 질문에, 히카루는 어두운 미소를 머금으며 답했다.

『반짝반짝』이 아니라 『번쩍번쩍』이라고 표현하는 점이, 히카루가 연예인을 어떻게 생각하는지 알려주고 있었다. 두 친구가 미적지근한 반응을 보이자, 타케시는 불만을 드러내듯 언성을 높였다.

"정말~ 둘 다 어떻게 돼먹은 거야! 남자라면 좋아하는 유명인이 한두 명 정도는 있을 거 아냐!"

"아니, 좋아한다고 사귈 수 있는 것도 아니고……."

"그렇게 치면 2차원의 캐릭터도 마찬가지 아냐?"

"그건 그렇지만, 2차원 캐릭터는 주인공을 통해 유사 연애가 가능하잖아."

"주인공과 맺어지지 못하는 서브 히로인일 경우는 어떤데?"

"타케시…… 세상에는 동인지라고 하는 편리한 책이 존재해……."

"이봐, 미성년자가 무슨 소리를 하는 거야."

"딱히 19금이라고 말하지는 않았거든?"

타케시의 태클에, 마사치카는 태연한 어조로 대답했다. 바로 그때, 어두운 미소를 머금고 있던 히카루도 동의했다.

"그래…… 2차원 캐릭터라면, 배신하지 않겠지……?"

"이봐, 히카루도 왜 그러는 거야? 흑카루 씨냐? 흑카루 씨가 나온 거냐?"

"히카루…… 유감이지만, 요즘은 2차원에서도 NTR물이 많아."

"그만해!"

"역시…… 여자는 사악해……!"

"마치 복수귀 같은 소리를 늘어놓네."

"그게 누구 탓인데."

타케시가 도끼눈으로 쳐다보자, 좀 심했다고 반성한 마사치카는 목소리의 텐션을 일부러 끌어올렸다.

"그래도 남자의 꿈이기는 해. 인기 아이돌과 몰래 사귄다는 건 말이야."

"오, 오오. 역시 그렇지?!"

"모두의 아이돌, 하지만 실은 나만의 여자라는 건 끝내주거든."

"이해해! 그 우월감이 참 좋다니깐."

두 사람은 그런 말도 안 되는 망상을 떠들어댔다. 마사치카의 반응을 보고 기분이 풀린 건지, 타케시는 다시 만화 잡지를 펼치며 마사치카에게 내밀었다.

"너는 이 중에서 누가 취향이야? 외모만 가지고 골라도 돼."

"으음~ 글쎄."

페이지를 펄럭펄럭 넘겨보니, 남자의 본성인지 찌찌별 사람의 본능인지 수영복 그라비아 사진에서는 여성의 특정 부위에 눈길이 갔다. 그것을 눈치챈 타케시는 씨익 웃었다.

"역시 글래머 누님 쪽이 취향이야? 나는 같은 또래도 괜찮다 싶지만, 역시 수영복 차림일 때는 어쩔 수 없네."

"당연하잖아. 이 매력을 거부할 수 있는 남자가 어디 있겠냐고."

"그래. 뭐, 여자애의 가슴에는 남자의 꿈과 낭만이 가득 들어 있지!"

"그냥 지방 덩어리거든?"

"흑카루 씨는 입 다물고 계세요~."

마사치카는 두 사람의 대화를 듣고 쓴웃음을 머금더니, 타케시를 향해 만화 잡지를 내밀었다.

"뭐, 이 중에서 취향인 애를 고르라면 이 애—."

한 여자애를 가리키며 고개를 든 순간…… 타케시와 히카루가 「앗」 하고 말하는 듯한 표정으로 자신의 뒤편을 쳐다보고 있다는 것을 눈치챘다. 그 직후, 등 뒤에서 서늘한 냉기가 느껴졌다.

그것을 통해 순식간에 상황을 파악한 마사치카는…… 앞을 바라보며, 전력을 다해 아양을 부렸다.

"……이긴 한데, 그래도 별로야~! 옆자리에 초절정 미소녀가 있으니까, 영 눈에 안 찬다니깐~!!"

"몰수."

"왜?!"

등 뒤에서 뻗어온 손이 잡지를 움켜잡자, 마사치카는 비명을 질렀다. 그 잡지를 시선으로 쫓자, 툰드라 같은 눈길로 자신을 내려다보는 아리사의 모습이 눈에 들어왔다. 그 눈이 손에 쥔 잡지로 향하더니, 모멸에 찬 목소리로 이렇게 말했다.

【불결해.】

"으, 으음…… 나, 러시아어를 모르지만 경멸당하는 느낌이 마구 들어."

"타케시, 너도 그래? 나도 마찬가지야."

"하하하……."

타케시와 마사치카는 메마른 웃음을 흘렸고, 히카루는 남의 일이라는 듯이 쓴웃음을 흘렸다.

하지만 아리사가 노려보자, 그 엄청난 박력에 타케시와 히카루는 고개를 휙 돌리며 몸을 움츠렸다.

"쿠제…… 학생회의 일원인 네가 이런 걸 학교에 가져와도 된다고 생각해?"

"아니, 그게…… 엄밀히 따지자면, 이걸 가져온 사람은 타케시인데요……."

"그럼 주의를 줘야 하잖아."

"넵."

아리사가 얼음장 같은 목소리로 그렇게 말하자, 마사치카는 다른 두 사람과 마찬가지로 몸을 움츠렸다.

한심하게 주눅 들어 있는 남자 셋을 모멸 섞인 시선으로 내려다본 아리사는 땅이 꺼지게 한숨을 내쉬면서 만화 잡지를 책상 위에 내려놨다.

"으음…… 돌려주는 것이옵니까?"

"착각하지 마. 이런 걸 들고 있기 싫을 뿐이야."

"저기, 말이죠. 표지와 그라비아 아이돌 페이지는 좀 그렇긴 해도, 다른 내용은 매우 건전한 잡지인데요?"

"그 불건전한 부분을 가지고 왁자지껄 떠들어댄 사람이 무슨 소리를 하는 거야?"

"으, 윽…… 그건 그래."

아리사가 그런 지당하기 그지없는 대꾸를 하자, 마사치카는 신음을 흘리며 납득했다. 그런 마사치카를 향해 어이없다는 표정을 지으며 「바보~」라고 말한 아리사는 자기 자리에 앉았다.

"(자, 아랴의 마음이 바뀌기 전에 빨리 집어넣어.)"

"(그래……. 그런데, 너는 어느새 학생회에 들어간 거야?)"

"(아~ 어제 들어갔어.)"

"(처음 듣는 이야기잖아? 무슨 일이 있었던 건데?)"

"(뭐, 이런저런 일이 있었어…….)"

남자 셋은 모기만 한 목소리로 쑥덕거리기 시작했다. 그런 그들을 힐끔 쳐다본 아리사는 어이없다는 듯이 턱을 괴면서 창밖을 쳐다보았다.

아리사가 그러면서 떠올린 것은 마사치카가 아까 외쳤던 말이다. 이런 잡지를 학교에서 보다가 걸린 게 찔려서 한 말이라는 건 알지만, 그래도 뜨거운 무언가가 등을 타고 흐르는 느낌이 들었다.

【진짜, 바보라니깐.】

그 열기를 얼버무리려는 듯이, 아리사는 그렇게 중얼거렸다. 그 말과 달리 아리사의 분위기가 누그러진 것을 느낀 마사치카는 가슴을 쓸어내렸다. 하지만…….

"응? 히카루, 왜 그래?"

타케시의 목소리를 듣고 고개를 돌려보니, 히카루는 타케시가 집어넣으려고 하는 잡지의 표지를 뚫어지게 쳐다보고 있었다.

여자를 질색하는 히카루답지 않은 행동이기에, 마사치카와 타케시는 고개를 갸웃거렸다. 그러자, 히카루는 표지에 실린 여자애 중 한 명을 손가락으로 가리키며 말했다.

"이야…… 아까 마사치카가 고른 애 말이야. 이름이 뭐였더라? 아무튼, 유심히 보니 쿠죠 선배를 닮은 것 같잖아."

그 순간, 마사치카는 왼쪽 볼을 인정사정없이 찌르는 시선이 느껴졌다. 일시적으로 누그러졌던 이웃 사람의 분위기가, 순식간에 뾰족하고 단단한 고드름처럼 차가워지는 게 느껴졌다.

(이, 이봐!! 무슨 소리를 하는 거야, 히카루!!)

힐끔 쳐다보니, 반대편으로 고개를 돌린 아리사가 창문에 비친 마사치카를 노려보고 있었다. 그 시선 탓에 식은땀이 난 마사치카는 마음속으로 절규를 토했다.

마사치카는 메마른 미소를 지으면서 「에, 에이, 그럴 리가 없잖아?」 하고 말했지만, 히카루의 지적을 듣고 다시 표지를 본 타케시가 고개를 끄덕이며 추격타를 날렸다.

"그러고 보니 확실히 닮았네."

(이봐!! 타케시, 분위기 파악 좀 해!!)

마사치카는 마음속으로 태클을 날렸지만, 아까처럼 블리자드가 휘몰아치는 게 아니라 마사치카에게만 고드름이 꽂히고 있는 탓에 두 사람은 전혀 개의치 않으며 이야기를 이어갔다.

"그래. 머리 모양이나 분위기…… 갈색 머리에 갈색 눈동자인 점도 비슷하네."

"게다가 연상이잖아. 이봐, 마사치카. 너, 쿠죠 선배 같은 타입을 좋아하는 거냐?"

두 사람의 대화가 열기를 띠면 띨수록, 마사치카의 볼에는 사정없이 고드름이 꽂혔다. 물론, 어디까지나 이미지지만 말이다.

(크, 큰일 났다……. 이 상황에서 대답을 잘못했다간, 나한테 큰일이 일어날 것 같은 느낌이 들어.)

생물 특유의 생존본능이 격렬하게 경종을 울리는 가운데, 마사치카는 머뭇머뭇 반론했다.

"아니, 딱히 타입인 건 아닌데…… 그리고 마샤 씨는 남친이 있잖아."

"즉, 남친이 없다면 노려봤을 거란 말이네?"

"잠깐만, 마샤 씨? 어느새 애칭으로 부르는 사이가…… 엄청나게 가까워졌잖아."

(이 자식들아, 왜 이 타이밍에 완벽한 콤비네이션을 선보이는 거냐고!!)

굳이 이유를 따지자면, 마사치카가 평소에 현실 여성에게 그다지 흥미를 보이지 않아서다.

학교 굴지의 미소녀인 아리사와 유키를 평범한 친구로만 대하는 마사치카를, 친구들은 「이 녀석은 진짜로 2차원에만 흥미 있는 거 아냐?」 하며 걱정했다.

그런 마사치카의 사랑 이야기……는 아니지만, 3차원^{현실} 여성 관련의 화제에, 두 사람은 안심하는 것과 동시에 가볍게 텐션이 상승했다.

마사치카로서는 괜한 참견인데다 민폐스러운 이야기지만 말이다.

"아니, 진짜로 우연이야. 마샤 씨를 그런 눈으로 본 적은……."

마사치카는 반사적으로 그렇게 말했지만, 이 상황에서 「없어」 하고 딱 잘라 말하기에는 유감스럽게도 찔리는 구석이 너무 많았다.

마사치카의 솔직한 면이 「에이, 거짓말하지 말라고」 하며 스톱을 걸 정도로 말이다.

"……아니, 뭐, 사귀고 싶다고는 한 번도 생각한 적 없어."

마사치카가 티 나게 말을 바꾸자, 타케시와 히카루는 미덥지 못한 시선으로 그를 쳐다봤다.

또한 아리사의 시선에는 경멸이 섞였다. 뭐, 자기 언니를 엉큼한 눈길로 쳐다봤다는 남자에게 그런 시선을 보내는 건 어찌 보면 당연했다.

【짐승.】

러시아어로 뱉은 독설이, 마사치카의 마음에 깊숙이 꽂혔다. 반응을 할 수 없는 데다 반론도 못하기에, 정말 골치 아팠다.

"그럼 뭐야. 스오우 양과는 사귀고 싶단 생각이 안 들어? 흔히 듣는 것처럼, 역시 소꿉친구는 연애 대상이 못 되는 거야?"

타케시가 미덥지 못한 눈길로 쳐다보며 유키를 언급한 순간, 아리사의 분위기가 확 달라지는 게 느껴졌다.

아까와는 다른 의미에서 날카로운 시선이 자신의 볼에 닿자, 마사치카는 유키가 아니라 아야노를 떠올리며 대답했다.

"못 된다, 고나 할까…… 애초에 그런 대상으로 보려는 생각 자체가 없어. 아, 그리고 나와 유키가 사귀는 일은 절대 없다고."

"전에도 그런 말을 했었잖아. 이유가 뭐야?"

남매라서입니다. 부모님이 같은 친남매라서입니다.

　그게 전부지만, 그런 사정을 밝힐 수는 없다. 마사치카가 그저 애매모호하게 웃기만 하자, 타케시는 속내를 알 수 없다는 듯이 고개를 저었다.

　"이해가 안 되네……. 그런 미소녀를 말이야. 게다가 예의도 바르고 성격도 좋은, 요즘 보기 힘든 완벽 청초 숙녀잖아."

　"아, 응……."

　마사치카는 반사적으로 「그게 누구인데」 하고 말할 뻔했지만, 그 말을 삼켰다.

　실제로 중증 오타쿠인 진짜 유키를 모르고, 학교에서의 숙녀 모드 유키만 본 이들이라면 그렇게 여기는 것도 이상하지 않다.

　……진짜 유키를 아는 마사치카로서는, 정색하고도 남을 평가지만 말이다.

　하지만 아무리 친구라고 해도 유키의 본성을 함부로 알려줄 수는 없기에, 대충 넘어가기로 했다.

　"숙녀라서 그런 거야……. 일개 소시민에게는 부담되거든."

　"아하~ 그건 그래."

　"하지만 그렇게 치면 이 학교의 여자애는 다 어렵지 않아? 알고 보니 사장 영애였다, 같은 일도 드물지 않은걸."

　"뭐, 그렇지만…… 아무튼, 기왕 사귈 거면 내 주제에 맞는 상대를 고를 거야. 어디까지나 사귄다면, 말이지."

"학생 간의 연애잖아~? 그렇게까지 생각할 필요는 없지 않아?"

"주제에 맞는…… 중산층 정도?"

"으음, 그래……. 중산층이고, 편하게 대할 수 있는 애면 좋겠어. 친구 느낌으로 사귈 수 있는……."

마사치카는 자연스럽게 머릿속으로『그 애』를 떠올리며, 가벼운 마음으로 그렇게 대답했다.

【그, 그러니까, 나, 나 같은 애?】

(아니거든?)

회상 장면에서 갑자기 러시아어가 들려오자, 마사치카는 마음속으로 흑카루 씨 같은 반응을 보였다.

아리사를 쳐다보니 부들부들 떨고 있었으며, 노래하듯 러시아어로 계속 중얼거리고 있었다. 그 말에 귀를 기울여 보니…… 마사치카의 눈빛이 옅어졌다.

(『말했다, 말했어! 꺄아~ 싫어—!』는 무슨. 히죽거리는 얼굴이 창문에 비쳐서 다 보이거든? 노출광 행동도 적당히 좀 하라고요. 러시아인은 일본인에 비해 머릿속에 떠오른 생각을 그대로 말한다던데, 너는 머릿속에 떠오른 생각을 러시아어로 그냥 확 말해버리는 거냐? ……어이가 없네.)

턱을 괸 오른손의 손가락이 볼에 파고든 상태인 아리사 양은 입가가 히죽거리고 있었다. 마사치카의 시선을 눈치채지 못한 걸까, 눈치챘지만 표정을 원래대로 되돌릴 수가 없어서 계속 고개를 돌리고 있는 걸까…… 아무튼, 매우 유감스러운 느낌이었다.

"마사치카? 왜 그래?"

"아, 저기…… 그래. 그리고……."

타케시의 말을 듣고 다시 회상에 잠긴 마사치카가 떠올린 것은 그 애의 미소였다. 얼굴은 선명하게 생각나지 않지만, 그래도 상대방도 절로 웃게 만드는 귀여운 미소를 떠올린 마사치카는 무심코 웃음을 머금었다.

"역시, 미소가 귀여운 여자애면 좋겠어."

그렇게 말한 순간, 마사치카의 머릿속에 있는 여자애의 미소가 일전에 본 아리사의 미소로 바뀌었다.

(아니, 그게 아니라고.)

허둥지둥 그 미소를 머릿속에서 지우면서, 당사자를 힐끔 쳐다보니…….

"…….."

완전히 얼어붙은 아리사의 뒷모습이 눈에 들어왔다. 쩌저적~ 하는 소리가 들려올 것만 같을 정도로 완벽하게 얼어붙었다. 창문에 비친 표정 또한 말할 필요 없었다.

"흐음~ 미소가 귀여운 애구나~."

"뭐, 미소가 중요하긴 해. 남녀 불문하고 말이지. 눈이 웃지 않는 사람이라거나 희미하게 웃기만 하는 사람과는 역시 친해지기 힘든 느낌이 들거든."

"으, 응…… 그래."

마사치카도 히카루의 의견을 이해하지만…… 그의 말을 듣고 아리사의 등이 부르르 떨리는 광경을 본 탓에 동의하는 건 좀 그랬다.

(그만해. 빗나간 총알에 아랴 양이 벌집이 되고 있다고.)

히카루는 악의가 없겠지만…… 객관적으로 봐서 『눈이 웃지 않는 사람』, 『희미하게 웃기만 하는 사람』에 해당하는 건 바로 평소의 아리사였다.

마사치카가 보기에 아리사는 꽤 잘 웃는 편이며, 눈매가 포물선을 그리는 경우가 없기는 해도 눈동자 안은 웃고 있지만…… 아리사 본인은 그걸 자각하지 못한 것 같았다.

"하, 하지만, 평소에 잘 웃지 않는 사람이 빙긋 웃으면, 엄청 매력적으로 느껴지잖아. 반전 매력 같은 느낌으로 말이야."

마사치카가 그렇게 감싸주자, 타케시와 히카루도 「아하~ 그건 그래」 하고 말하며 고개를 끄덕였다. 왠지 웅크리고 있는 것 같던 아리사도 등이 살짝 펴진 것처럼 보였다.

"하지만 친근하게 느껴지는 건 그 순간뿐이고, 다시 다가가기 어려워지잖아."

"그래. 역시 평소 태도는 중요해."

하지만, 이어지는 히카루와 타케시의 말에 다시 몸을 웅크렸다.

(그만해~! 내가 감싸주고 있는데 그렇게 보디블로를 날려야겠냐! 서서히 효과가 나타나고 있거든?! 아랴의 몸에 대미지가 쌓이고 있다고!)

보다 못한 마사치카는 두 사람에게 얼굴을 쑥 내밀더니, 아리사를 시선으로 가리키며 작은 목소리로 말했다.

"(이봐, 신경 좀 써. 아랴가 상처 입잖아.)"

"(뭐? 쿠죠 양?)"

"(아니…… 아랴 공주가 이런 말을 신경 쓸 리 없잖아?)"

신경 쓴다. 엄청 신경 쓴다. 금방이라도 울음을 터뜨릴 것 같을 정도다. 창문이 비친 얼굴을 보니, 아까와 다른 의미에서 입술을 깨물고 있었다. 웃음이 아니라 다른 것을 참고 있는 표정이다.

【됐어……. 친구 있으니까, 괜찮단 말이야.】

게다가, 그런 불쌍한 소리까지 하기 시작했다.

솔직히 마사치카도 그 모습을 보며 「아아, 이게 반전 매력이란 거구나」 같은 생각이 들었지만, 가엽기 그지없는 그녀에 대한 미안한 마음 때문에 가슴이 아팠다.

"(아무튼, 좀 감싸주라고. 오후 수업 때, 교실 안 분위기가 꽁꽁 얼어 있어도 괜찮은 거야?)"

"(으, 그건 싫네…….)"

"(그, 그래…….)"

두 사람의 동의를 얻은 마사치카가 자리에 앉으면서 입

을 열려던 순간, 타케시가 눈빛으로 그를 제지했다.

『마사치카, 여긴 나한테 맡겨.』

『타케시…… 할 수 있겠어?』

『맡겨만 줘.』

『……알았어.』

눈빛으로 의사소통을 마친 후, 마주 고개를 끄덕였다. 그러자 타케시는 자신만만하게 웃더니, 큰 목소리로 말했다.

"그래도, 아랴 공주 정도의 미소녀라면 그런 건 전혀 신경 안 쓰이지만 말이야!!"

""야 이 얼간이야!!""

깜짝 놀랄 만큼 직선적인 그 발언에, 마사치카와 히카루의 태클이 하모니를 이뤘다. 하지만 타케시는 「어? 뭐가?」라는 표정을 지으며 눈을 깜빡였다.

그 짜증 나는 표정을 본 마사치카가 쓴소리를 하려던 순간…… 그것보다 먼저, 섬뜩한 목소리가 들려왔다.

"흐음, 그래……. 나를, 그런 식으로 봤던 거구나."

"아, 아랴…….."

마사치카가 녹슨 기계처럼 목소리가 들려온 방향을 쳐다보니, 방금까지 짓고 있던 울상은 어디 간 건지…….

소름이 돋을 만큼 차가운 표정을 지은 아리사가, 한 줌의 열기도 어리지 않은 눈동자로 쳐다보고 있었다. 그 시선에 꿰뚫리고서야 자기가 무슨 실수를 한 건지 깨달은 타케시는 그대로 딱딱하게 굳어버렸다.

"얼굴 말고는 봐줄 게 없는, 무뚝뚝하고 귀여운 구석 없는 여자애라 참 미안하네."

"어, 아니, 그렇게까지는……."

"역시, 아까 잡지를 몰수해버릴까."

"뭐?! 아니, 그건……."

"내놔."

"……넵."

아리사에게 압도당한 타케시는 얌전히 만화 잡지를 내놨다. 아리사는 낚아채듯 잡지를 빼앗더니, 의자에 거칠게 앉았다. 의도치 않게 교실 안의 공기가 얼어붙는 가운데, 마사치카와 히카루는 도끼눈으로 타케시를 노려봤다.

"빌어먹을."

"이러니까 타케시한테는 여친이 안 생기는 거야."

"너무해!"

냉기가 감도는 교실 안에서, 자업자득 그 자체인 남자의 안타까운 비명이 울려 퍼졌다.

시간을 조금 거슬러 올라가서…… 마사치카와의 대화를 마친 아야노는 한 층 위에 있는 교실을 향해 걸어갔다.

발소리를 내지 않고, 가능한 한 남의 시야에 들어가지 않도록, 복도를 오가는 학생들 사이를 가르듯 걸었다.

마치 강물을 타고 떠내려오는 나뭇잎이 바위를 피하는 것만 같은 매끄러운 움직임이었다. 그렇게 남들의 주의를 끌지 않으며 목적지에 도착한 아야노는 교실 문에 노크를 세 번 했다.

"들어와."

"실례하겠습니다."

아야노가 문을 열자, 불이 꺼져서 어둑어둑한 교실에서 유키가 기다리고 있었다.

"오빠와 이야기는 마쳤어?"

"네."

"그래……. 그럼, 직성은 풀린 거야?"

유키가 그렇게 묻자, 아야노는 마사치카와 나눴던 대화를 떠올렸고…… 그런 그녀의 눈에는 온화한 빛이 어렸다.

"네……. 역시 마사치카 님은, 제가 경애하는 마사치카 님이셨습니다."

"그래. 다행이네."

웬일로 마사치카를 향한 불신과 불만을 드러냈던 아야노가 그와의 대화를 통해 마음이 풀린 것 같았기에, 유키도 안심했다.

아야노는 평소 표정에 변화가 전혀 없지만, 그 무표정은 후천적이며 감정의 기복이 미세한 건 아니다. 유키는 아야노가 자기들 남매에게 매우 깊은 정을 품고 있다는 것을 알기에, 그녀의 오해가 풀렸다는 사실에 안도했다.

"어둡군요. 불을—."

아야노는 문 옆에 있는 스위치로 불을 켜려고 했지만, 유키가 제지했다.

"아, 이대로가 좋아."

"……켜지 말라는 겁니까?"

"응. 괜히 시선을 모으기도 싫고, 무엇보다……."

잠시 말을 멈춘 유키는 대각선 아래편을 보며 앞 머리카락을 쓸어 올리더니, 눈을 치켜뜨며 멋진 표정으로 말했다.

"어두운 편이…… 멋지거든."

"……죄송합니다. 그런 쪽의 『미학』에 대해서는 아직 어두워서……."

"괜찮아. 이제부터 배워가면 돼."

"황송합니다."

유키의 중2병 발언에도, 아야노는 진지하게 답했다. 그런 그녀를 향해 너그럽게 고개를 끄덕인 유키는 다시 질문을 던졌다.

"그런데…… 오빠는 뭐래?"

"마사치카 님께서는…… 쿠죠 님과 입후보하겠다는 의사에는, 변함이 없다고 하셨습니다."

"그럴 거야. 그리고?"

"그리고…… 당주님께,『이번 일은 유키와 상관없어. 불만이 있으면 나를 찾아와서 직접 말해』라고 전해달라 하셨습니다."

"흐음, 그랬구나……."

유키는 마사치카가 자신을 배려해서 그렇게 말했다는 것을 눈치챘다. 놀란 바람에 한순간 눈을 치켜떴지만, 곧 유키는 히죽 웃었다.

"그렇게 말하는 걸 보면…… 오빠도 진심인 것 같아."

유키가 휘파람이라도 부를 듯한 표정으로 즐거운 듯이 미소 짓자, 아야노는 진지하게 고개를 끄덕였다.

"네. 그 기백이 너무 멋지셔서, 무심결에 자궁이 떨리고 말았습니다."

"으, 응. 그래. 자궁이 떨렸구나."

"네."

아야노가 전혀 부끄럽지 않다는 듯이 태연히 고개를 끄덕이자, 유키는 질린 듯한 미소를 머금었다.

"으음…… 혹시나 해서 묻는 건데, 아야노는 오빠를 좋아……하는 건, 아니지?"

"연애 감정을 품고 있느냐면, 유키 님의 말씀이 맞습니다. 저는 마사치카 님을 유키 님 못지않게 경애하고 있습니다만, 연애 감정은 품고 있지 않습니다."

"아, 그래……."

"연인이 되고 싶다, 같은 불손한 생각은 눈곱만큼도 한 적 없습니다……. 그저 도구로 써주신다면, 그걸로 충분합니다."

"너, 그냥 슈퍼 M이었냐."

아야노가 어이없는 발언을 늘어놓자, 유키는 무심코 도끼눈을 뜨며 태클을 날렸다.

아야노에 대한 마사치카의 평가는 틀리지 않았다. 사실 아야노는 정이 깊고 마음씨가 상냥한 소녀다. 그것은 틀림없다.

그저…… **두 명의** 주인에 대한 지나친 경애와 본인의 성적 취향이 맞물리면서, 『조교 당하고 싶다는 갈망』이 MAX에 이르고 말았다.

그래서 마사치카와 유키에게 명령을 받으면, 내심 기뻐하는 것이다.

본인은 그것을 순수한 충성심에서 비롯됐다고 생각하며, 오히려 자랑스럽게 여기고 있었다.

실은 지금도 아야노는 유키가 도끼눈으로 자기를 쳐다보는 이유는 눈치채지 못해서, 의아하다는 듯이 고개를 갸웃거렸다.

"죄송합니다. 학식이 낮은지라…… 방금 말씀하신 슈퍼 M은 어떤 뜻인지요?"

"뭐? 아, 슈퍼 메이드야. 줄여서 슈퍼 M이라고 불러."

"감사합니다. 영광입니다. 앞으로도 어엿한 슈퍼 M이 되도록 정진하겠습니다."

"우와, 무시무시한 소리를 늘어놓네."

교과서를 읽는 듯한 투로 그렇게 말한 유키에게, 아야노는 천천히 눈을 깜빡인 후에 말했다.

"참…… 그러고 보니, 전해드리는 걸 깜빡한 말이 있습니다."

"응? 뭔데?"

"마사치카 님께서, 유키 님이 이 세상에서 가장 소중한 사람이란 점에는 변함이 없다고 말씀하셨습니다."

"그, 래……."

아야노의 말을 들은 유키가 갑자기 진지한 표정을 짓더니, 갑자기 교정 쪽 창문을 향해 뛰어갔다. 그리고 창문을 열더니, 스읍 하고 크게 숨을 들이마신 후— 움직임을 멈췄다.

"유키 님? 왜 그러십니까?"

"……."

유키는 아야노의 질문에 답하지 않으며 창틀을 움켜쥔 채 잠시 침묵하더니, 곧 푸하아 하고 숨을 토했다.

"큰일 날 뻔했네……. 무심코 학교 한복판에서 오빠를 향한 사랑을 외칠 뻔했다고."

유키는 입가를 닦으며 창문을 닫더니, 고개를 절레절레 저었다.

"휴우…… 내 귀여운 오라버니는 정말 문제라니까."

히죽거리며 그렇게 말한 유키는 온몸의 간지러움을 떨쳐 내려는 듯이 힘차게 벽에 기댔다.

팔짱을 끼고, 뒤통수를 벽에 대며 천장을 올려다본 유키는 곱씹는 듯한 어조로 중얼거렸다.

"그건 그렇고…… 그래. 아야노가 추궁을 하는데도 동요하지 않았구나."

"네. 유키 님을 걱정하셨지만, 입후보하겠단 의사에는 확고해 보였습니다."

"그래, 진심인 거네……. 후훗, 진짜로 나와 싸울 생각인 거구나?"

사랑하는 오빠가 자신과 적대하는 길을 선택했는데, 유키의 목소리는 참 즐거워 보였다.

"좋아~. 재미있어졌네. 솔직히 말해, 아랴 양 혼자서는 내 상대가 못 되거든."

유키는 오만한 어조로 그렇게 말했지만, 아야노는 그 말에 동의했다.

"네……. 대략적으로 조사했을 뿐입니다만, 그래도 1학년 대부분은 유키 님이 당선될 거라 예상하는 듯합니다. 쿠죠 님에 관해선…… 솔직하게 말씀드려『중등부 시절의 스오우 회장을 모르는 전학생이 무모한 짓을 한다』라고 여기는 인상이었습니다."

"아하하, 인정사정없네. 뭐~ 실제로 나는 지지층이 확고하긴 해~. 자, 오빠는 이 상황을 어떻게 뒤집을 생각일까?"

유키는 눈이 반짝이며, 입가를 말아 올려 미소 지었다. 그 미소는 사나워 보일 정도로 강렬했다.

"즐거워 보이십니다."

"즐거워. 그 천재와…… 스오우 가문의 신동과, 진심으로 싸우는 거잖아? 즐겁지 않은 게 이상하지 않을까?"

벽에서 등을 뗀 유키는 춤추듯 두 손을 펼쳤다.

"이제까지 내가 뭐로도 이기지 못했던 오빠가, 아랴 양이라는 강력한 파트너와 함께 나에게 진심으로 덤빌 거야. 정말 설렌다니깐. 이제야 싸울 맛이 나네. 좋아, 온 힘을 다해 상대해주겠어!"

힘차게 두 손을 말아 쥐며 그렇게 선언한 유키는 아야노를 쳐다보았다.

"협력해줘, 아야노. 오빠가 진심으로 전력을 다하게 만들기 위해서 말이지."

"알겠습니다. 미력하게나마, 유키 님께 조력하겠습니다."

주인을 위해, 아야노 또한 눈동자에 강렬한 빛을 머금으며 부응했다.

유키는 그런 아야노를 보며 만족한 것처럼 웃더니, 창문을 향해 후우~ 하고 숨결을 토했다.

"저기, 아야노."

"왜 그러십니까, 유키 님."

아야노가 고개를 갸웃거리자, 유키는 어깨 너머로 그녀를 돌아보며…… 진지한 표정으로, 물었다.

"나, 지금 완전 최종 보스 같지 않아?"

제 6 화   오타쿠라면 누구나 한 번은 동경할 거야

"잭의 원페어."

"후후후, 풀하우스예요."

"윽!"

방과 후, 학생회실에서는 마사치카와 아야노의 환영회가 열렸다.

메뉴 숫자가 적어지기는 해도 밤까지 열려 있는 학생 식당에서 꽤 이른 저녁 식사를 가볍게 마친 후에 학생회실로 이동해서 과자와 주스로 환영회를 가지게 됐고, 지금은 두 팀으로 나뉘어 교류하고 있었다. 집무용 테이블 주위에는 마사치카와 토우야와 치사키가 있었고, 다른 네 사람은 손 님용 소파로 이동해 트럼프를 하고 있었다. 실제로 플레이를 하고 있는 건 아리사와 유키, 두 사람이지만 말이다.

환영회가 시작된 직후에는 두 사람 사이에 어딘가 어색한 분위기(실은 아리사가 유키를 어떻게 대하면 좋을지 모르는 느낌이었다)가 감돌았지만, 유키가 적극적으로 말을 걸면서 분위기가 풀리더니 지금은 사이좋게 포커를 치고 있었다.

"……폴드. 포기하겠어."

"어머, 그런가요? 저는 꽝인데 말이죠. 허풍도 쳐볼 만하군요."

"뭐?!"

"어머어머, 아랴. 아쉽게 됐네~."

한 사람당 하나씩 주어진 비닐봉지 안의 스낵 과자를 걸고 포커를 하고 있는데…… 역시 경험이 차이 나서 그런지, 이제까지는 유키가 압승을 하고 있었다. 아리사의 비닐봉지 안에 있던 과자 중 8할이 유키에게 넘어갔다.

그 모습을 본 마리야는 미소를 머금었고, 아리사는 화풀이를 하듯 그녀를 노려보았다. 한편 아야노는 평소처럼 무표정한 얼굴로 아리사와 유키 사이에 서서 담담히 카드를 나눠주고 있었다. 딜러 역할이 놀라울 정도로 잘 어울렸다. 정말 못 하는 게 없는 종자이다.

"전에 보드게임을 할 때도 생각했던 건데…… 역시 테이블게임으로는 스오우가 한 수 위인가 보군."

치사키와 함께 그 광경을 보던 토우야가 그런 평가를 내리자, 마사치카도 고개를 끄덕였다.

"뭐, 외교관 가문 출신답다고나 할까…… 저런 머리싸움은 유키의 전문 분야니까요."

"으음…… 그것도 그렇지만, 단순히 아랴가 알기 쉬운 편인 거 아냐?"

"사라시나 선배…… 그렇게 생각하는데도 일부러 말 안 한 건데……!"

치사키가 그런 노골적인 평가를 내리자, 마사치카는 책상에서 푹 엎드렸다.

"어, 음…… 저기, 미안해."

"아뇨, 괜찮아요……. 아랴가 포커페이스를 유지 못 하고 있는 건 사실이니까요."

"쿠제, 너도 인정사정없는걸."

"아니, 그게…… 그렇잖아요?"

의자 등받이에 팔을 얹으며 돌아보니, 아야노가 나눠준 카드를 받은 아리사의 눈썹이 움찔거렸고, 입술 또한 꼭 깨물었다.

그런 아리사는 몇 초 생각에 잠긴 후에 크게 베팅했지만, 유키가 곱절의 레이즈로 맞받아치자 폴드했다. 참고로 두 사람 다 패를 맞추지 못했지만, 카드의 강약으로는 아리사가 이겼다.

"……저런 표정을 지어대면, 자기 패가 약하다고 떠벌리는 거나 다름없잖아."

"동생 쿠죠는 의외로 표정 관리를 못 하는걸. 언니 쪽보다 감정의 기복이 옅은 인상이었는데…… 흠, 어쩌면 언니 쿠죠 쪽이 감정을 읽기 어려울지도 모르겠어."

"아…… 그럴지도 몰라요."

푸근한 미소를 머금은 채 승부의 행방을 지켜보는 마리야를 쳐다보며, 마사치카는 고개를 끄덕였다. 그러자, 치사키는 쓴웃음을 머금으며 동의했다.

 "나는 쟤와 1년 넘게 알고 지냈지만…… 솔직히 말해, 저 애의 생각은 읽을 수가 없어. 기본적으로는 『성모』 그 자체란 느낌의 엄청 좋은 애지만, 때때로 어딘가~ 묘한 언동을 입에 담거든."

 "……감성이 독특한 거군요."

 "그렇다기보다…… 좀 푼수 같달까?"

 "그렇게 생각하는데도 일부러 말 안 한 건데……!"

 치사키가 또 대놓고 그렇게 말하자, 마사치카는 푹 고개를 숙였다. 그런 마사치카를 본 토우야는 유쾌하다는 듯이 웃었다.

 "쿠제는 반응이 참 재미있는걸."

 "하하…… 그런데, 회장님은 왜 아랴와 마샤 씨를 그렇게 부르는 건가요?"

 "응?"

 "아, 언니 쿠죠, 동생 쿠죠라고……."

 "아……."

 마사치카의 의문을 들은 토우야가 턱을 쓰다듬더니, 씨익 웃으며 대답했다.

 "뭐랄까…… 거물 느낌이 나서 멋지지 않아?"

"……어? 그런 이유예요?"

너무 뜻밖의 이유라, 마사치카는 무심코 어처구니없다는 반응을 보였다. 하지만 토우야가 자신의 말에 풀이 죽자, 허둥지둥 입을 열었다.

"아, 저기! 멋지다고는 생각해요! 맞아요! 가족관계 플러스 성씨! 이해해요! 하지만, 저기…… 진지한 표정으로 그렇게 말할 거라고는 생각 못 했거든요."

"아, 응. 그래…… 알아주는구나."

마사치카가 그렇게 말하자, 토우야는 헛기침을 하며 마음을 다잡았다. 바로 그때, 치사키가 히죽히죽 웃으며 놀리듯 말했다.

"그렇게 말했지만, 그저 여자애를 이름으로 부르는 게 부끄러워서 그러는 거잖아~?"

"으, 음…… 뭐, 그렇다고도 할 수 있지."

"그런 겁니꺼~."

연인의 지적에 토우야의 눈빛이 흔들리자, 마사치카는 무심코 사투리로 태클을 날렸다. 그러자 토우야는 진지한 표정으로 마사치카에게 말했다.

"나로서는 네가 저 쿠죠 자매를 평범하게 애칭으로 부르는 게 더 놀라워."

"커뮤니케이션 장애 아싸남 같은 소리 마세요……."

"쿠제…… 잊지 마. 나는 1년 전까지만 해도 여자애와 제대로 이야기를 나누지 못하던 아싸였다고."

"그러고 보니 그랬죠!"

"토우야는 아직 인싸 경력이 짧거든~. 나를 이름으로 부르게 되는데도 시간이 꽤 걸렸잖아~."

"그래. 뭐, 다른 여자애를 이름으로 부를 예정은 없으니 문제없겠지만 말이야."

"으…… 갑자기 부끄러운 소리 좀 하지 마, 정말!"

"하하하……. 부끄러운 건 알겠는데, 힘이 너무 들어갔어!"

치사키의 팔꿈치 치기가 정통으로 꽂힌 옆구리를 움켜쥔 토우야가 메마른 웃음을 흘렸다. 그 두 사람의 뒤편에, 아야노가 소리 없이 섰다.

"사라시나 님. 마실 것은 무엇으로 하시겠습니까?"

"우와앗?!"

등 뒤에서 들려온 목소리에 호들갑스러울 정도로 깜짝 놀란 치사키는 아야노를 향해 질린 듯한 미소를 지었다.

"아, 아하하…… 기척을 숨기는 게 능숙하네. 내 등 뒤에 서다니, 대단한걸?"

"당신이 무슨 검호(劍豪)예요?"

"아, 쿠제. 치사키는 진짜로 검호야. 정확하게는 권호(拳豪)에 가깝지만 말이지."

"세기말 느낌 물씬 나는 말이네요."

마사치카가 교과서 읽는 듯한 말투로 그렇게 말하자, 치사키에게 주스를 따라준 아야노가 그를 쳐다보며 눈빛으로 의향을 물었다.

"아, 나는 됐어. 남아있거든."

"그러시군요. 켄자키 님께서는……?"

"응? 아, 고마워. 나도 줘."

토우야는 아야노의 시선을 받고 컵 안의 내용물을 다 마시더니, 빈 컵을 그녀에게 내밀었다. 그러자 아야노가 주스를 따라줬다. 탄산음료를 거품이 거의 나지 않게 따르더니, 대단했다.

"고마워. 그건 그렇고…… 정말 대단한걸. 스오우의 종자라고 들었는데, 이렇게 소리를 내지 않는 기술도 종자에게 필요한 스킬인 거야?"

"네. 조부모님께 배웠습니다."

"호오?"

"회장님, 아야노의 할아버지는 유키의 할아버지를 모시는 비서이며, 할머니는 유키네 집의 하인이에요."

마사치카가 설명해주자, 토우야와 치사키가 흥미를 보였다.

"흐음, 그렇구나. 그럼 부모님도 그래?"

"아뇨. 제 부모님은 회사원입니다."

"어, 그래?"

"네. 제가 유키 님의 종자가 된 건 제가 조부모님을 동경해서일 뿐, 딱히 저희 가문의 가업 같은 건 아닙니다."

"흐음……. 참고로, 언제부터 종자였던 거야?"

치사키의 질문에, 아야노는 표정 변화 없이 시선만 천장 쪽으로 돌렸다.

"글쎄요. 명확하게 언제부터, 라고는 할 수 없지만…… 제가 종자가 되기로 결심한 건, 초등학교 2학년 때였을 겁니다."

"너무 이른 것 아냐?!"

"그 정도로 조부모님을 동경해서…… 그리고, 마…… 마음을 다해 주인으로 모시기에 마땅한 분이니까요. 유키 님은 말이지요."

"흐음."

중간에 부자연스럽게 뜸을 들인 부분이 있었지만, 토우야와 치사키는 딱히 개의치 않으며 고개를 끄덕였다.

"아야노, 잠깐 나 좀 봐."

마사치카가 눈썹을 살짝 모으며 손짓을 하자, 아야노는 순순히 그의 곁으로 향했다. 그리고, 실언을 할 뻔했던 것을 사죄했다.

"(죄송합니다. 마사치카 님.)"

"(아니, 그쪽은 신경을 써줬으면 하긴 하는데…… 그것보다…….)"

"(……네?)"

너, 이제 화 풀린 거야? 하고 물어보려다…… 아야노의 올곧은 눈동자를 본 마사치카는 말을 삼켰다.

왜냐하면, 그 눈동자에는 『경·애』라고 적혀 있었던 것이다. 점심시간의 차가운 눈빛은 어디 간 건지, 완전히 충성심 MAX인 눈빛을 띠고 있었다.

(이 녀석, 위험해. 눈빛이 장난 아냐⋯⋯. 어째서야? 언제 호감도가 이렇게 상승한 거지?)

올린 기억도 없는데 호감도와 충성도가 MAX가 되어 있단 사실에, 마사치카는 마음속으로 머리를 움켜잡고 있을 때⋯⋯ 토우야가 입을 열었다.

"그런데, 소리를 내지 않는 건 종자의 매너인 건가? 주인의 신경이 흐트러지지 않도록⋯⋯ 같은 거려나?"

"네. 조부모님께서 항상 말씀하셨습니다. 하인이 된 자, 항상 공기 같은 존재가 되어야 한다고 하셨지요."

"⋯⋯응? 그건 의미가 좀 다르지 않아?"

치사키의 의문에, 마사치카도 마음속으로 동의했다.

사실, 아야노의 조부모가 한 말의 진의는 다르다. 기척을 숨기는 것 자체는 맞지만, 정확하게는 「주인이 자신의 존재를 의식하지 않게 해, 쾌적한 환경을 제공해드릴 수 있도록 유의할 것」이라는 의미다. 하지만⋯⋯ 어릴 적의 아야노는 그 말을 곧이곧대로 받아들였다. 「아하, 공기가 되는 거네요!」 하고 말이다.

그리고 그 후로 아야노는 공기가 되려 했다. 소리를 내지 않도록 주의 깊고 신중하게 행동하기 시작했을 즈음에는 「흐음, 우리 흉내를 내는 걸려나?」, 「어머나, 참 귀여운 메이드네」 하며 훈훈하게 지켜보던 그녀의 조부모도, 아야노가 어느 순간 표정조차 바꾸지 않게 되자 「어라? 뭔가 이상한데?」 하고 생각했지만…… 그때는 이미 때를 놓쳤다.

아무튼, 손녀에게 잘못된 인식을 심어준 조부모는 아야노의 부모인 아들 부부에게 진심으로 사과했다. 하지만 아야노 본인은 만족했고, 이미 중2병 초기였던 유키가 「무표정 메이드, 귀여워!」 하며 매우 마음에 들어 했기에 부모님도 아무 말 하지 못했다.

그리고, 아야노는 그 후로도 잘못된 메이드 도(道)를 계속 갈고닦은 끝에…… 지금에 이르렀다. 일단 장래에는 유키의 비서가 되는 것을 희망하고 있지만, 요즘 들어 은밀 행동 능력이 더 탁월해지면서 닌자라도 되려는 게 아닌가 싶은 경지에 이르렀다.

"저기, 아야노. 나도 주스 좀 줄래~?"

"실례했습니다. 마리야 님."

바로 그때, 빈 컵을 든 마리야가 다가왔다.

"아랴가 시끄럽다며 화냈어."

혀를 날름 내민 마리야가 마사치카의 옆에 앉았다. 고개를 돌려보니, 미간을 살짝 모은 아리사가 진지한 표정으로 카드를 쳐다보고 있었다. 그녀에게 남은 과자는 세 개뿐이었다. 아무래도 최종 국면 같았다.

"이봐…… 괜찮은 거야? 싸움 나는 거 아니지?"

그 긴박한 분위기에 토우야가 우려를 표했지만, 마사치카와 마리야는 동시에 어깨를 으쓱했다.

"괜찮을 거예요. 저래 봬도 아랴는 꽤 즐기고 있는 것 같거든요."

"즐기고 있달까…… 웬일로 들뜬 것 같아~."

"맞아요."

"어머, 눈치챘어?"

"네."

두 사람은 서로를 쳐다보며 슬며시 미소를 흘렸다. 맞은편에 앉은 토우야와 치사키는 「들떴어……? 저러는데?」하고 불신감을 드러내며 고개를 갸웃거렸다.

하지만 아리사는 마사치카가 본 적 없을 정도로 들떠 있었다. 몇 년 만에 생긴 같은 또래의 동성 친구 상대로, 게임을 즐기고 있다는 게 언동에서 느껴졌다.

예를 들어, 얼마 남지 않은 자기 과자를 보는 눈빛. 그것은 질 것 같아서 초조해하는 눈빛이라기보다, 곧 승부가 나버린다는 것을 아쉬워하는 눈빛이었다. 「더 놀고 싶은데! 이대로는 게임이 끝나버려!」하고 말하는 듯한 눈빛이었다.

(『고고』는 어디 간 거지…….)

아리사의 별명을 떠올린 마사치카가 뜨뜻미지근한 눈빛을 머금었다. 그도 처음에는 아리사가 다가가기 어려운 존재라고 생각했지만, 평범하게 트럼프를 즐기는 모습을 보니 말로 형용할 수 없는 기분이 들었다.

　"어머~ 마침 바닥이 나버렸네."

　마리야의 말에 마사치카가 고개를 돌려보니, 아야노가 들고 있는 페트병이 비어 있었다. 아야노는 새 주스를 가져오려 했지만, 사뒀던 주스가 바닥났다는 것을 깨닫고 움직임을 멈췄다.

　"그럼 아래층 자판기에 가서 사와야겠네."

　"아, 제가……."

　"괜찮아. 아야노는 오늘의 히로인인걸."

　"네?"

　뜬금없는 히로인 발언에 아야노만이 아니라 토우야와 치사키도 고개를 갸웃거리자, 마사치카는 그 말의 의미를 추측했다.

　"으음, 나와 네가 이 환영회의 주역이잖아. 그래서 여자인 너는 히로인인 것 아닐까?"

　"맞아~. 그럼 히어로 씨, 에스코트 부탁할게."

　"어째서야."

　마사치카는 그렇게 추측했지만, 마리야의 생각은 그의 추측마저 벗어났다. 하지만 캔 주스를 혼자서 인원수만큼

들고 오는 것은 힘들 테니, 아야노를 말리며 자리에서 일어났다. 그리고, 다른 자리에 앉아 있는 아리사와 유키를 포함해 전원에게 말을 건넸다.

"아래층 자판기에 음료수 뽑으러 갈 건데, 뭐로 할래?"

"나는 사이다로 하지."

"콜라…… 아니, 진저에일을 부탁해."

"으음, 나는 레몬티로 할래."

"저는 카페오레를 부탁해요. 아, 흰색이 아니라 갈색으로 부탁해요."

"단팥죽을 부탁해."

"저는 물이면 됩니다."

"저기, 나는 천재가 아니니까 그렇게 한꺼번에 말하지 말라고……. 그리고, 마샤 씨는 같이 갈 거니까 말 안 해도 돼요."

"아, 맞네~."

깜빡했다는 투로 그렇게 말하는 마리야를 향해 쓴웃음을 흘린 토우야는 주문한 음료를 적으려고 종이와 필기구를 찾았지만, 그 전에 마사치카가 입을 열었다.

"하아…… 으음, 사이다와 진저에일과 레몬티. 그리고 갈색 카페오레와 단팥죽과 물이지? 오케이~."

""""어?""""

상급생 두 명과 아리사가 놀란 얼굴로 쳐다보는 가운데,

마사치카는 마리야와 함께 학생회실을 나섰다. 복도로 나
가자, 체온 감지 센서가 반응하며 복도의 조명이 켜졌다.
석양에 물든 교정을 곁눈질하며 걸음을 옮기고 있을 때,
마리야가 차분한 톤으로 마사치카에게 말을 건넸다.

"정말 고마워, 쿠제."

"갑자기 그게 무슨 소리예요?"

"이제까지 아랴를 여러모로 도와줬잖아. 그리고 이번에
는 아랴와 함께 입후보하기로 했다며? ……아랴도 정말
기뻤을 거야."

그렇게 말하는 마리야는 『성모』라는 말에 걸맞은 자애에
찬 표정을 짓고 있었다.

"딱히…… 마샤 씨에게 고맙다는 말을 들을 일이 아닌
데……."

"어머, 고마워해야 하지 않겠어? 기댈 사람이 없었던 아
랴에게, 드디어 기댈 사람이 나타났는걸."

"하아……."

평소의 푸근한 미소가 아니라 차분하면서 상냥한 미소를
마리야가 머금자, 마사치카는 자연스럽게 걸음을 멈추며
이렇게 말했다.

"혹시……."

"응?"

"아, 아뇨……."

반쯤 무의식적으로 입을 연 후, 이런 걸 물어도 될지 몰라 머뭇거렸다. 하지만 멈춰 서서 자신을 쳐다보는 마리야의 상냥한 시선에 이끌리듯, 어느새 마사치카는 질문을 던졌다.

　"혹시, 말인데…… 마샤 씨는 아랴 앞에서는 일부러 성실한 면을 안 보여주려고 하는 거예요?"

　마사치카가 그렇게 묻자, 마리야는 허를 찔린 것처럼 천천히 눈을 깜빡였다.

　그리고, 창밖을 쳐다보더니, 놀라울 정도로 어른스러운 미소를 머금었다.

　"나, 아랴와 다투고 싶지 않아."

　돌아온 것은, 언뜻 듣기엔 답이라 할 수 없을 듯한 말이었다. 하지만 마사치카는 그 말을 듣고 「역시 그랬어」 하며 납득했다. 둘뿐인 복도에서, 마리야의 독백이 흘렀다.

　"아랴는 엄청난 노력가이고, 언제나 최선을 다해……. 그런 아랴를, 나는 참 좋아한다니깐."

　"……그래서, 아랴가 경쟁 상대로 여기지 않도록…… 느긋하고 태평한 언니를 연기하고 있다, 는 건가요?"

　마사치카가 핵심을 찌르는 질문을 던졌지만, 마리야는 그저 빙그레 웃었다.

　"연기하는 건 아냐. 항상 어깨에 힘을 주고 살면 피곤하잖아? 적당히 힘을 빼줘야 해……. 뭐, 아랴 앞에서는 일부러 어벙한 척한다는 건 부정하지 않을게."

"하하하…… 어벙한 척, 하는 건가요."

"후훗, 그러면 아랴가 어리광을 받아주는걸. 어벙한 척 할 만하지 않아~?"

"……그런가요?"

보통은 언니가 동생의 어리광을 받아줄 거라고 생각한 마사치카는 쓴웃음을 머금었다.

(정말, 어디까지 본심인지 모르겠네.)

똑 부러지는 건지 어벙한 건지 분간이 안 되는 선배를 본 마사치카는 뒤통수를 긁적이며 천장을 올려다보았다. 바로 그때, 마리야의 속삭임이 들려왔다.

"아랴를, 외톨이로 만들고 싶지 않아."

시선을 내리자, 움찔할 만큼 진지한 표정을 짓고 있는 마리야가 눈에 들어왔다. 자신을 똑바로 바라보는 그 눈길에, 마사치카는 숨을 삼켰다. 그러자 마리야는 표정을 누그러뜨리면서 혼잣말을 하듯 말했다.

"자매만이 아니라…… 형제자매란 건 참 어려워. 누구보다 가까운 존재지만, 그래서 서로를 의식할 수밖에 없잖아."

"……네."

그것은 마사치카도 가슴이 아파올 정도로 잘 안다. ……태어난 가문을 버린, 마사치카이기에 말이다. 어머니를 증오하고, 조부에게 반발해, 그 집에서 뛰쳐나왔다. 그리고 뛰쳐

나오고 나서야…… 자신이 빈껍데기라는 사실을 눈치챘다.

하고 싶은 일이 없다. 되고 싶은 것이 없다. 여동생에게 전부 떠넘기고, 자유의 몸이 됐는데도 말이다.

이대로는 안 된다. 뭐든 해야 한다. 그 집에서 할 수 없었던 무언가, 자기가 진심으로 하고 싶은 무언가를. 안 그러면, 무엇을 위해 그 집에서 뛰쳐나온 건지 알 수 없다!

……조바심에 사로잡혔다. 하지만, 결국 무리였다. 마음을 끓어오르게 하는 것을 찾지 못했다. 결국 자신은 일시적인 감정에 사로잡혀 가출해놓고, 돌아가지 못하고 있는 꼬맹이에 지나지 않았다.

그런 오빠의 뒤를 이어, 스오우 가문의 후계자가 된 여동생은 어엿하게 성장했다. 그리고 타고난 재능을 제대로 살리지도 못한 채, 자신은 조용히 썩어가고 있다. 재능 낭비. 마음만 먹으면 뭐든 할 수 있지만, 아무것도 하려고 하지 않는 존재 의의 결여 인간.

그런 빈껍데기 쓰레기인 자신과, 가족에게 무한한 애정을 품으며 노력하는 동생을 비교하지 않을 수가 없었다.

그래도 열등감에 사로잡히지 않고 이제까지 사이좋은 남매로 지낼 수 있었던 건, 그저 여동생의 노력 덕분이다.

여동생은 지금도 옛날과 변함없이, 순수한 호의를 전해주고 있다. 스오우 마사치카도, 쿠제 마사치카도, 둘 다 사랑하는 오빠다. 그런 말을 부끄러워하지 않으며 해준 덕분에,

마사치카는 아직도 여동생을 귀여워하는 오빠일 수 있다.

그렇지 않았다면…… 마사치카는 분명, 유키와 거리를 뒀을 것이다.

(정말, 어엿한 동생이야.)

그렇게 생각한 순간, 문득 깨달았다. 유키가 자기 앞에서 중증 오타쿠 캐릭터가 되는 건…… 오빠에게 부담을 주지 않으려고, 일부러 바보 여동생을 연기하는 게 아닐까…….

(아냐, 그건 본성이 분명해.)

지나친 생각이라 여기면서도, 그런 면이 다소 있을지도 모른다고 생각했다. 그렇게 생각하니, 여동생 앞에서 느슨한 일면을 보이는 마리야의 생각도 조금은 이해가 되는 것 같았다.

딱히 연기를 하는 건 아니다. 사랑하기에…… 사랑받고 싶기에, 숨기고 싶은 일면이 있을 뿐이다. 많은 이들이 좋아하는 사람 앞에서는 멋진 사람이고 싶어 할 것이다. 그것이, 마리야의 경우에는 반대인 것뿐이다.

"마샤 씨는…… 좋은 언니군요."

"흐흥~, 맞아. 나, 이래 봬도 실은 좋은 언니야~."

의기양양하게 가슴을 편 마리야가 우쭐대는 듯한 표정을 지었다. 하지만 곧 장난기 섞인 미소를 머금더니, 한쪽 눈을 감으며 입술에 손가락을 댔다.

"방금 이야기, 아랴한테는 비밀이야."

이제까지 본 적 없는 마리야의 고혹적인 모습에, 마사치카의 심장이 격렬하게 뛰었다. 그런 자신을 숨기려는 듯이, 마사치카는 놀리는 듯한 미소를 지었다.

"……말 안 해요. 말해봤자 믿지 않을 테고요. 자기 언니가 실은 성실한 어른이라는 걸……."

"어머, 그건 과대평가 아닐까? 내가 아랴보다 느슨한 사람인 건 사실이야. 그리고……."

곤란한 듯한 미소를 머금고 있던 마리야는 갑자기 모든 것을 꿰뚫어 보는 듯한 눈길로 마사치카를 응시했다.

"성실한 일면을 숨기고 있는 건, 쿠제도 마찬가지잖아?"

"……."

마리야의 그 지적을, 마사치카는 반사적으로 얼버무리려다…… 무의미하다는 것을 깨닫고 어깨를 으쓱했다.

"……저는 마샤 씨처럼 거창한 이유가 있는 건 아니지만요."

누군가를 위해서가 아니다. 헤실거리며 장난스러운 태도를 보이는 건, 자기 자신을 지키기 위해서다.

"결국, 저는 자기 자신을 위해서 이러는 거예요."

마리야가 이해해줄 거라고는 생각하지 않으며, 자조 섞인 어조로 맥락 없는 이야기를 늘어놨다.

마사치카는 자기가 쓰레기라는 것을 자각하고 있으며, 인정 또한 하고 있다. 하지만, 그런 자신이 남에게 알려지는 게 무섭다.

자신의 쓰레기 같은 본성을 눈치채지 못하도록, 장난스러운 태도를 보이며 얼버무리고 있을 뿐이다. 쓰레기라고 여겨지는 것보단, 매사에 대충이고 경박한 바보라고 여겨지는 편이 낫다. 누구와도 진지하게 마주하지 않으며, 자신의 깊은 곳에 닿지 못 하게 했다.

그렇게 자신의 보잘것없는 자존심을 지키고 있을 뿐이다. 그런 식으로 살고 있기에…… 본성을 숨기지 않으며 성실하게 살아가는 인간이 너무나도 눈부셔 보였다. 그들처럼 살아갈 수 없는 자신이, 정말 싫었다.

"……간단히 말해 귀찮은 게 싫어서, 아무도 의지하지 못하도록 불성실 캐릭터로 나가는 것뿐이에요. 그러니 신경 쓰지 마세요."

그래서 오늘도, 이렇게 얼버무리고 있다. 상대가 들어오지 못하도록, 눈치채지 못하도록…….

애초에, 왜 이런 이야기를 하고 만 것일까. 이제까지는 가족에게도 본심을 털어놓은 적이 거의 없는데 말이다.

(어째서일까……. 왠지, 마샤 씨와 같이 있으면 가드가 느슨해져…….)

이것도 일종의 포용력일까? 아직 알게 된 지 얼마 안 된 선배에게 본심 중 일부를 드러낸 것을 후회한 마사치카는 피식거리며 시선을 피했다.

마리야는 그런 마사치카에게 다가가더니…… 살며시 손

을 들었다.

"그래그래."

"윽?!"

"참 노력하고 있네. 괜찮아. ……쿠제라면, 괜찮을 거야."

마리야는 마사치카의 머리를 살며시 쓰다듬어주며, 상냥한 어조로 말했다.

"저, 저는, 딱히……."

노력한 적 없다. 그리고, 대체 뭐가 괜찮다는 걸까.

문득 그런 생각이 떠올랐다. 하지만 양쪽 다 입에 담지 못한 채, 마사치카는 고개를 숙였다.

가슴이 떨린 탓에, 말이 입에서 나오지 않았다. 마음의 응어리를 풀어주는 듯한 그 상냥하면서도 어딘가 그리운 감촉에, 조금이라도 긴장을 풀었다간 눈물이 쏟아져 나올 것만 같았고…… 마사치카는, 이를 악물며 버틸 수밖에 없었다.

"남자애잖아~. 응, 참 대단해."

그런 마사치카를, 마리야는 상냥한 눈길로 응시했다. 마치 상처 입은 어린애를 달래는 것처럼, 칭얼거리는 갓난아기를 어르는 것처럼…….

그리고 얼마 후, 마사치카는 숙이고 있던 머리를 머뭇거리며 움직였다. 그 의도를 눈치챈 마리야는 그의 머리에서 손을 뗐다.

"……저기, 죄송해요."

"괜찮아~. 나는 선배이고, 쿠제는 후배인걸. 후훗, 학생회에서 처음으로 선배다운 일을 한 것 같네~. 아랴와 유키는 너무 의젓해서 내가 선배다운 일을 해줄 기회가 없거든."

"하하, 그럴 거예요."

평소처럼 푸근한 미소를 머금은 마리야는 불만을 드러내듯 볼을 부풀렸다. 평소와 다름없는 선배의 배려에 감사하며, 마사치카도 쓴웃음을 머금었다.

"뭐, 저도…… 가능하면, 이런 모습은 보여주지 않도록 할게요."

"어머, 그래? 선배에게 더 어리광부려도 되는데 말이야."

"아, 저도 남자로서 자존심이 있거든요……. 그리고, 남친분께도 죄송하고요."

"으음…… 뭐, 그건 그래~. ……하지만, 괜찮을 거야. 그는 이 정도 일로 화내는 사람이 아니거든!"

"하아……."

마리야가 가슴을 펴며 자랑하듯 그렇게 말하자, 마사치카는 어정쩡하게 고개를 끄덕였다. 방금 그 말을 있는 그대로 받아들여도 괜찮을까…….

"……슬슬 가볼까? 너무 농땡이를 부렸다간, 다들 목이 마를 거야."

"맞아요."

마리야의 말에 고개를 끄덕인 마사치카는 일단 그 생각을 제쳐둔 후, 다시 1층에 있는 자판기로 향했다. 그리고 모두가 마실 음료를 구입한 후, 둘이서 캔을 안아 들고 학생회실로 돌아갔다.

"오, 돌아왔구나. 오래 걸렸는걸."

"아, 그게……."

"미안해~. 쿠제와 너무 수다를 떨었나 봐."

"그래? 뭐, 됐어. 마침 준비도 끝났거든……."

학생회실의 문을 여니, 토우야가 의미심장한 미소를 머금은 채 기다리고 있었다.

"준비?"

마사치카가 고개를 갸웃거리자, 토우야는 더욱 진한 미소를 머금으면서 으스대듯 말했다.

"그래. 학생회의 전통인, 최고의 지적 유희의 준비가 말이지……."

"……어, 마작인가요."

학생회실에는 이곳에 어울리지 않는 마작 탁자가 놓여 있었다. 게다가 꽤 오래된 것 같았다. 그것을 둘러앉아 있는 건 아름다운 소녀들이었다. 안 그래도 이 공간에 어울리지 않는 마작 탁자가, 그 바람에 더 기묘해 보였다.

토우야도 그걸 자각하고 있는지, 마작패를 섞으면서 쓴 웃음을 지었다.

"혹시나 해서 말해두겠는데, 환영회에서 마작을 하는 게 전통인 건 사실이야."

"하아…… 저는 일단 할 줄 아는데, 다들 마작을 할 줄 알아요?"

마사치카가 주위에 있는 여성들을 둘러보자, 다들 반응을 보였다.

"나는 둘 줄 알아. 가족끼리 하거든."

"나도 규칙 정도는 알아~."

"저도, 규칙만 아는 정도예요."

"죄송한데, 저는 할 줄 몰라요……."

"하는 방법만 얼추 압니다."

의외로, 할 줄 아는 사람이 많았다. 일단 「규칙만」이라고 말한 인터넷 마작 6단인 여동생을 째려보면서 어떤 멤버로 둘지 생각하고 있을 때, 토우야가 바로 팀을 편성했다.

"좋아. 그럼 전통에 따라 각각의 파트너로 편을 짜도록 할까. 나와 치사키, 스오우와 키미시마, 쿠제와 동생 쿠죠. 언니 쿠죠는 혼자서 둬야 하는데, 괜찮겠어?"

"응~. 분위기 띄우기 요원이구나?"

"아니, 마샤. 자기 입으로 그런 소리를 하는 거야?"

"하지만 나는 기본적인 룰만 아는걸."

웃음을 흘리며 자리에 앉은 마리야를 향해 쓴웃음을 지으며, 마사치카는 아리사를 쳐다보았다.

"으음, 그럼 우선 내가 하면서 간단히 해설해줄 테니까, 뒤에서 보고 있을래?"

"알았어."

마사치카가 토우야의 정면에 앉자, 오른편에 아야노가 앉았다. 아무래도 유키는 일단 관전을 할 생각 같았다.

"그럼 시작할까. 곧 폐교 시간이니까, 반장 단판 승부야. 그리고, 이것도 전통인데……."

바로 그때, 토우야는 히죽 웃었다.

"1등을 한 팀은 다른 세 팀에게 어떤 명령이든 딱 하나 내릴 수 있지. 아, 물론 상식을 벗어나지 않는 선에서야."

"뭐라고요?"

파트너가 초보자라는 핸디캡을 안고 있는 마사치카는 그 말에 눈을 치켜떴지만, 의외로 다른 여성들은 재미있어했다.

"괜찮네! 그 정도의 벌칙 게임은 있어야 재미있잖아!"

"좋아, 이 멤버라면 말도 안 되는 요구는 안 할 거잖아~."

"저도 괜찮아요."

"유키 님의 뜻에 따르겠습니다."

이렇게 되면 지기 싫어하는 내 파트너님이 어떤 반응을 보일지는 말할 것도 없다…….

"저도 좋아요."

"인마, 너는 완벽한 초보자잖아……."

예상대로의 반응이라 태클을 날렸지만, 뒤를 돌아보니 아리사는 질 생각이 전혀 없는 듯한 표정을 짓고 있었다.

(왜 그렇게 당당한 눈빛을 지을 수 있는 건데…….)

마음속으로 투덜대면서도, 마사치카는 마지못해 고개를 끄덕였다.

"하아……. 그럼 저도 좋아요. 참고로, 그 명령은 이긴 팀의 한 사람당 한 번씩 내리는 게 아니라, 팀에서 한 번 내리는 거죠?"

"그래. 한 사람당 한 번이면, 만에 하나 언니 쿠죠가 이겼을 때 불공평할 테니 말이지."

"만에 하나, 라는 건 좀 그렇잖아."

마리야는 토우야에게 승산이 없다는 소리를 들었지만, 본인은 전혀 개의치 않는다는 듯이 웃었다.

"아, 맞다. 회장님. 세세한 룰은 어떻게 하죠?"

마작패를 모으면서 마사치카가 묻자, 토우야는 익숙한 손놀림으로 패를 쌓으며 대답했다.

"으음…… 그래. 3만 점 스타트에 적도라 있음, 울기 탕 있음, 확정역 있음, 화료 종료 있음, 더블 론 트리플 론 있음, 더블 역만 트리플 역만도 있음…… 뭐, 다 되는 거야. 참, 들통 종료만은 없어."

"아하…… 알겠어요."

"좋아. 그럼…… 치사키, 먼저 해!"

"뭐?"

구경이나 할 생각이었던 건지, 치사키는 허를 찔린 표정으로 눈을 깜빡였다. 하지만, 그건 마사치카도 마찬가지였다.

"어라? 회장님이 먼저 하지 않는 거예요?"

"홋, 주인공은 뒤늦게 등장하는 법이지."

"아, 네."

그런 식으로, 드디어 마작이 시작됐는데…….

(아니, 멤버가 뭐 이렇냐고.)

마사치카 이외의 멤버는 전부 미녀다. 앞도, 좌우도, 압도적일 만큼 화사했다. 그 사이에 엑스트라가 한 명 섞여 있다.

(이건 완전 탈의─.)

"쿠제?"

"으음, 그래. 지금 주사위로 마샤 씨가 친(親)으로 정해졌는데, 이 친이라는 건 화료를 하면 점수를 많이 받으면서 한 번 더 친을 할 수 있는─."

오타쿠 특유의 엉큼한 상상을 하려던 순간, 등 뒤에서 서늘한 냉기가 밀려온 탓에 허둥지둥 설명을 시작했다.

등 뒤에서 날아오는 차가운 시선과 오른쪽 대각선에서 날아오는 모든 걸 꿰뚫어 보고 있는 듯한 시선을 무시하며, 마사치카는 설명을 이어갔다.

"뭐, 기본적으로는 같은 패 두 개. 그리고 연속되는 패 세 개나 같은 패 세 개를 합쳐서 네 세트. 총 열네 개를 맞추면 화료라고 생각하면 돼."

"실례하겠습니다. 츠모입니다."

"아, 방금 아야노가 화료를 했지? 저렇게 필요한 패를 가져오는 걸 츠모, 다른 사람이 버린 패로 자기 패가 완성되는 경우를 론이라고 해."

아리사는 머리가 좋은지 금방 이해했고, 네 번째 판 즈음에는 대략적인 룰을 이해했다.

"들통 종료는 뭐야?"

"점수가 바닥나는 걸 들통이라고 하는데, 누군가가 그런 상태가 된 시점에 대국 종료가 되는 룰을 말해. 하지만 이번에는 그게 없어. 잘 됐지?! 빚더미에 앉더라도 끝까지 마작을 둘 수 있다고!"

"……그게 기뻐할 일이야?"

"뭐, 끝까지 역전의 기회가 있다고 생각한다면…… 대신 이게 도박 마작이라면 리얼 빚 지옥에 빠질 가능성도 있지만 말이야."

"도박 마작…… 해본 적 있어?"

"아, 퐁이야."

"쿠제?"

결국, 네 번째 판이 끝난 후에 마사치카는 아리사와 교대했다. 이 네 판에서 아야노와 치사키가 두 번씩 화료를 했고, 점수는 아야노, 치사키, 마사치카, 마리야 순서였다.

(아야노는 역시 견실한걸. 단순하게 강해. 사라시나 선배는 전형적으로 밀어붙이는 타입인가. 마샤 씨는…… 진짜로 룰을 알긴 하는 걸까?)

아리사에게 적당히 조언을 해주면서 대국을 진행했지만, 기세를 탄 듯한 치사키와 아야노가 경쟁하듯 화료를 하면서 친이 한 번씩 돌았다. 남장(南場)에 들어서자 치사키는 토우야와, 아야노는 유키와 교대했다.

교대하자마자 유키는 센 패를 맞춰서 화료를 했고, 토우야는 자기가 친이 되자 3연속으로 화료를 했다. 그 모습을 아리사의 뒤편에서 보며, 마사치카는 생각했다. 회장…… 속임수 쓰고 있네, 하고 말이다.

(아하, 그래……. 뭐든 다 된다는 말은 속임수를 써도 된다는 의미였구나.)

마사치카가 보아하니, 토우야가 쓰는 건 패산과 츠모의 바꿔치기다. 미리 자기 앞에 있는 패로 만든 산에 쓸모 있는 패를 쌓아둔 후, 그것을 적절히 츠모 패와 바꿔서 치는 것이다.

"어이쿠, 또 츠모군."

"토우야, 대단해!"

"하하하, 이게 회장의 위엄이란 거지."

치사키가 칭찬해주자, 토우야는 기분이 좋은지 웃음을 터뜨렸다. 하지만 유심히 보니 그의 얼굴은 약간 어두웠다. 왠지~ 양심에 가책을 느끼는 듯한~ 분위기가 감돌고 있었다.

(아하, 역시 사라시나 선배는 모르는구나. 그래서, 뒤에서 봐도 알아채기 힘든 속임수를 쓰는 거야.)

마사치카가 이해했을 즈음, 토우야도 자기가 속임수를 쓴다는 사실을 들킨 걸 눈치챘다.

(눈치챘나…… 쿠제. 대단한걸. 스오우가 눈치챈 건 좀 의외지만…… 나쁘게 생각하지 마. 이것도 학생회의 전통이거든.)

그렇다. 사실 이것은 진짜로 세이레이 학원 고등부 학생회의 전통이었다.

1학년 학생회 멤버의 환영회에서, 뭐든 해도 되는 속임수 마작으로 회장과 부회장이 1학년을 자근자근 밟아준다. 그래서「이 정도도 못해선 회장 선거에서 이길 수 없다!」라는 것을 경험자인 선배가 직접 가르쳐준다……는 건 구실이며, 솔직히 말해 전통이 아니라 악습이다.

(후후후…… 나도, 작년에는『이것도 공부다』랍시고, 한 달 동안 학생회가 끝날 때마다 학교 주변을 열 바퀴 돌아야만 했지…….)

속임수 마작에 당한 걸로 모자라, 학부모회에서 문제 삼을 만한 명령을 받았던 과거를 떠올린 토우야는 음울한 미소를 머금었다. 그 덕분에 체중이 줄고 근성이 생겼으며, 지금도 자율적으로 러닝을 이어가고 있지만…… 그건 그거다.

「공부」라면서 그 러닝에 두 명이나 동참해줬고, 한 달 동안 해냈을 때는 「고생했어」라는 말을 듣고 울 뻔하기도 했지만…… 그건 그거다. 하아, 빌어먹게 좋은 선배들이네!

(지켜봐 주세요, 회장님. 부회장님…… 회장직을 이어받으면서, 두 사람에게 물려받은 이 기술로…… 후배들에게도, 학생회장의 위대함을 보여주겠습니다!)

여러모로 폭주 중인 토우야는 5연속 화료를 노렸지만―.

"앗! 로, 론!"

유키가 버린 패로, 아리사는 익숙하지 않은 투로 화료 선언을 했다.

"어머…… 으음, 리치도라만이니 2600점인가요."

유키가 점수 계산을 해주자, 아리사는 생각보다 낮은 점수에 약간 아쉬워하는 듯한 미소를 지었다.

"후훗. 이걸로 포커에서의 빚을 조금은 갚은 걸까?"

"그래요. 한 방 먹었군요."

유키가 웃음을 흘리며 점수봉을 내밀자, 아리사는 후훗하고 의기양양하게 웃으며 마사치카를 돌아보았다.

"그래…… 첫 화료, 축하해."

"고마워."

마사치카가 칭찬해주자, 기분이 좋아진 아리사는 머리카락을 멋들어지게 쓸어 넘겼지만…….

(아랴…… 방금 그건 유키의 수작이거든?)

상황을 파악한 마사치카는 미묘한 미소를 지으며 아리사의 얼굴을 쳐다봤다.

아니, 마사치카만이 아니다. 아리사와 마리야 이외의 전원이 같은 인식을 지니고 있었다.

유키는 아리사가 약한 패라는 것을 읽고, 필요한 패가 뭔지까지 완벽하게 파악한 후에 토우야가 친이 되지 못하도록 일부러 아리사가 화료를 하게 도왔다. 그것을 눈치채지 못한 이는 초보자인 쿠죠 자매뿐이다.

"아랴, 축하해."

"고마워. 마샤도 힘내."

하지만 한 번도 이기지 못한 언니를 우쭐대며 격려하는 아리사를 보자, 다들 아무 말도 하지 못했다.

쓴웃음을 짓는 토우야와 치사키, 감정을 읽을 수 없는 미소를 짓고 있는 유키, 무표정하게 박수를 치고 있는 아야노……. 세이레이 학원 학생회실은 상냥한 공간이었다.

"으음, 그럼 계속할까."

토우야가 패를 섞기 시작하며, 마작을 다시 시작했다.

유키의 파인 플레이로 토우야의 친을 막았지만, 이미 이 단계에서 마리야는 완전히 점수가 마이너스 상태였다. 토우야는 2위인 유키와 3위인 아리사를 압도적인 점수 차이로 따돌리며 독주하고 있었다.

(흠…… 이쯤 해둘까. 더했다간 다른 멤버도 의심을 할 테고, 이제는 다른 사람의 론을 막기만 하면 되겠지.)

토우야는 이 시점에서 승리를 확신했지만…… 그건 무른 생각이었다.

"아랴, 교대 안 할래?"

"뭐? 하지만……."

"아, 나는 아직 한 번도 화료를 못 했거든. 초보자인 네가 했는데, 내가 한 번도 못 하는 건 면목이 없다고나 할까…… 응? 부탁해."

"그래? 어쩔 수 없네."

"고마워."

유키에게 리벤지를 해서 기분이 좋아진 아리사와 교대한 마사치카가 자리에 앉았다. 그리고 옆에 있는 유키와 시선을 교환했다.

그렇다…… 토우야는 얕보고 있었다. 이 남매의, 진심을^{오타쿠} 말이다.

그것을, 토우야는 2분 후에 실감했다.

"어. 죄송해요, 회장님. 사고네요."

"뭐?"

"론. 친의 배만(倍滿), 24000이에요."

두 게임째, 토우야가 버린 보잘것없는 패로 유키가 론을 했다. 이 시점에서는 토우야도 우연이라고 생각했지만, 다음 판에서 마사치카가 화료를 하자, 눈치챘다.

"아, 츠모예요."

"뭐?"

그리고 2분 후, 이번에는 토우야에게 츠모를 할 차례조차 돌아오지 않았다.

"지화(地和), 역만이네요."

"와아. 마사치카 씨, 대단해요!"

"어머, 벌써 화료한 거야?"

"어엇?! 지화?!"

"축하드립니다, 마사치카 님."

"으음……?"

여성들이 다양한 반응을 보이는 가운데, 토우야는 정면에 있는 마사치카와 시선을 교환했다.

『큭……. 꽤 하는걸, 쿠제.』

『후후후…… 저를 상대로 속임수를 쓴 건 실수예요, 회장님.』

토우야가 질린 듯한 미소를 머금자, 마사치카는 자신만만한 미소를 지었다.

그렇다. 마사치카도 속임수를 썼다. 「와아. 마사치카 씨, 대단해요!」 하며 뻔뻔한 소리를 늘어놓은 유키도 한 패거리다.

(오타쿠라면 속임수와 주사위 조작 정도는 기본적으로 익히기 마련이야!!)

일본 전국의 오타쿠에게 한 소리 들을 만한 소리를, 마사치카는 머릿속에서 질렀다. 하지만, 이 남매의 마작 속임수는 매우 레벨이 높았다. 주사위도 원하는 숫자가 나오게 굴릴 수 있었다. 참고로 이런 속임수를 가르쳐준 이는 바로 친할아버지다.

『우리 둘이 협력하면 이 정도 패 조작은 식은 죽 먹기죠. 유감이겠네요. 회장님.』

『큭…….』

순식간에 따라잡힌 토우야는 분하다는 듯이 눈을 가늘게 떴다. 그러자 마사치카는 훗 하고 미소를 머금었다.

『안심하세요, 회장님. 마지막 게임에서는 속임수를 쓰지 않겠어요.』

『뭐……? 설마…….』

마사치카가 눈짓을 보내자, 토우야는 움찔했다. 방금 두 사람의 화료로, 빚더미에 앉은 한 성모님 이외의 세 사람은 점수가 비슷해졌다. 이 마지막 게임에서 이긴 자가, 승리를 거머쥘 수 있을 만큼 말이다.

『다들 파트너에게 속임수를 쓴 걸 들키기 싫죠? 그러니, 진검승부를 하지 않겠어요?』

『……홋, 좋다. 내 실력으로, 회장의 위대함을 알려주지!』

서로를 향해 남자 땀내가 풍기는 미소를 머금은 후, 두 사람은 정정당당히 진검승부를 벌이기로 결심했다.

『자아―.』

『정정당당히―.』

『『승부!!』』

그리고, 운명의 최종결전의 막이 올랐고―.

"어머~? 이러면, 화료 맞지?"

""엥?""

뜻밖의 인물이 느긋한 목소리로 뱉은 그 말에, 두 남자는 얼이 나간 표정을 지으며 목소리가 들려온 방향을 쳐다봤다.

그리고 공개된 마리야의 패를 보더니, 두 사람은 서로를 쳐다봤다.

"회장님……."

"음……."

"뭐든 다 된다는 건, 당연히 이것도……."

"……그래."

"마샤, 그, 그건……."

"치사키? 어? 다들, 왜 그래?"

치사키는 전율에 찬 표정을 지었고, 아야노조차도 눈을 치켜뜬 가운데, 유키는 질린 듯한 미소를 머금으며 입을 열었다.

"사암각 단기, 대삼원, 자일색……."

"어머, 역이 네 개나 있구나~. 으음, 만관, 8000점 정도 일까?"

"4배 역만, 12만 8천 점이에요!!"

마사치카가 자포자기한 목소리로 그렇게 외치자, 겨우 충격에서 벗어난 토우야가 쓴웃음을 머금으며 중얼거렸다.

"이제까지의 싸움은 대체 뭐였지……."

"진짜 뭐였죠?!"

결국, 마리야가 모든 것을 무로 회귀시키는 미라클 화료를 선보이면서, 최종 결과는 1위 마리야, 2위 유키 아야노 페어, 3위가 토우야 치사키 페어가 됐다. 그리고 마사치카 아리사 페어는 방금 판에서 친이었던 탓에 꼴찌가 되고 말았다.

그리고 1등상인 패배자 여섯 명에게의 명령권을 거머쥔 마리야는…….

"으음…… 어떤 명령을 내리지……."

입술에 검지를 대며 방 안을 둘러보더니…… 환영회에서 나눠준 구운 과자가 들어 있는 봉지와 리본을 보고, 「앗」 하며 좋은 생각이 난 듯한 반응을 보였다. 마사치카는 어마어마하게 불길한 느낌이 들었다. 그리고, 그 예감은 옳았다.

—몇 분 후.

"어머나~, 귀여워~~♡"

학생회실에서, 마리야는 황홀한 듯한 미소를 머금고 있었다. 그리고, 약간 부끄러워하는 여성들과, 치욕에 떠는 사내자식 두 명이 그곳에 있었다.

"회장님……."

"쿠제, 아무 말도 하지 마라……."

마리야가 내린 명령. 그것은 『다들, 오늘 하루 동안 리본을 맬 것』이었다.

마리야는 직접 리본을 매줬다. 여성들은 그나마 낫다. 약간의 이미지 변신 정도니까 말이다. 특히 치사키는 평소에 멋을 부리지 않는 만큼, 여학생이 새된 비명을 지를 정도로 멋졌다. 문제는…… 평범한 면상인 마사치카, 그리고 걸늙은이 거한인 토우야였다.

"이 벌칙 게임은 뭐예요……."

"너는 그나마 나아……. 나 좀 보라고. 완전 비극이잖아."

"평소 인망 있는 사람이 좀 기발한 짓을 해도 『저런 면도 있구나』 하며 호의적으로 받아들여진다는 걸, 저는 알아요. 하지만 저 같은 일반 학생이 같은 짓을 하면 『저 녀석,

뭐야……』하며 다들 질색할 거라고요."

두 사람이 그런 식으로 비장감을 물씬 풍기며 얼굴을 마주하고 있을 때, 다른 여성들이 다가왔다.

"아, 아니…… 꽤 괜찮거든? 어, 어울리는 것 같아."

"사라시나 선배…… 실소할 것 같은 표정으로 그렇게 말하면, 거꾸로 더 슬프거든요?"

"그렇지 않아요. 정말 잘 어울려요, 마사치카 씨."

"눈이 전혀 웃고 있지 않다고, 유키 양~."

"그렇지 않거든요? 안 그래? 아야노."

"네. 정말 잘 어울립니다."

"너의 그 진심 어린 눈빛은 대체 뭐냐고."

"쿠제……."

"아랴……."

말로 형용할 수 없는 표정으로 쳐다보던 아리사는 마사치카가 자신을 돌아본 순간, 눈을 치켜뜨고 입을 손으로 막으며 고개를 돌렸다.

"야, 인마. 무슨 말 좀 해봐."

"으으, 자, 잘 어울려. 의, 의외로, 귀엽네?"

"그냥 웃어! 차라리 웃으란 말이야! 인마!"

"아하하하하하하!"

"유키! 너는 웃지 마!"

유키가 절묘하게 숙녀 모드를 유지하며 유쾌하게 웃자,

마사치카는 그녀를 노려보았다. 하지만 유키의 미소에 촉발된 건지 치사키가 소리 내서 웃기 시작했고, 아리사까지 고개를 숙인 채 어깨를 부들부들 떨고 있었기에 결국 포기했다.

"회장님, 쿠제. 이쪽 봐~."

"어, 설마 사진 찍으려고요?!"

"그래~. 기념 삼아 말이야."

표정이 어두운 마사치카에게, 토우야가 귓속말을 했다.

"(포기해, 쿠제. 속임수를 쓰고도 진 우리에게, 거부권은 없어.)"

"큭, 죽여라!"

마사치카는 오만상을 쓰더니, 적에게 사로잡힌 여기사 같은 대사를 뱉었다.

그 후로 선생님이 폐교 시간을 알리러 올 때까지, 학생회실에서는 여성들의 웃음소리와 셔터 소리가 울려 퍼졌다.

제 7 화   약속했거든

"쿠죠 아리사 양."

"어?"

점심시간. 갑자기 등 뒤에서 들려온 목소리에, 아리사는 뒤돌아보았다.

그곳에는 단정한 검은 머리카락을 어깨 언저리까지 기른, 이지적인 분위기가 감도는 여학생이 있었다.

그 여성의 목소리는 귀에 익지 않았으며, 얼굴을 봐도 누구인지 알 수 없었다. 리본을 통해 같은 학년이라는 것만 알 수 있었다. 하지만 일면식도 없는 상대인데도, 저 소녀가 쓴 안경 너머로 보이는 눈동자에는 우호적이지 않은 빛이 어려 있었다.

"……왜?"

약간 경계하며 묻자, 여학생은 안경을 고쳐 쓰며 가시 돋친 듯한 목소리로 말했다.

"잠시 실례하겠어요. 저는 F반의 타니야마 사야카라고 해요. 잠시, 시간을 내주겠어요?"

복도 밖, 안뜰 쪽을 쳐다보며 그렇게 제안했다. 말 자체는 정중하고 예의 바르지만, 우호적인 느낌은 전혀 들지 않았다.

평소의 아리사라면 이 자리에서 무슨 볼일인지 물어봤겠지만…… 방금 저 소녀가 밝힌 이름이 마음에 걸린 아리사는 미간을 찌푸렸다.

(타니야마, 사야카……? 중등부에서 유키 양과 학생회장의 자리를 다퉜다던……?)

그 학생에 관해서는 일전에 마사치카에게서 자세한 이야기를 들었다. 유키 이외에 경계해야 할 학생회장 후보 중 한 명으로서 말이다.

타니야마 사야카. 조선업에서 국내 유수의 대기업인 타니야마 중공의 사장 영애이자, 가문이 자산가인 점에서 본다면 세이레이 학원에서도 톱클래스의 학생이다.

그녀 본인도 매우 우수하며, 시험에서는 항상 상위 10위 안에 들어간다. 그리고 매년 학급 반장을 맡고 있어서 교사에게도 좋은 인상을 주고 있다. 무엇보다…… 중등부에서는 회장 부회장 후보인 세 팀을 토론회에서 격파했다는 실적을 지니고 있다. 실력으로 라이벌을 쓰러뜨린 횟수로는 유키를 포함한 그 어떤 후보도 상대가 되지 못한다. 그런 만큼, 마사치카도 유키를 제외하고 가장 경계하는 상대다.

그런, 자신의 라이벌이 될지도 모르는 학생에게 이런 제안을 받은 것이다. 그렇다면, 아리사에게는 거기에 응하지 않을 이유가 없다.

"……좋아."

"감사해요."

전혀 감사하지 않는 투로 그렇게 말한 사야카는 복도 밖의 안뜰로 나갔다. 아리사가 그 뒤를 따르자, 사야카는 안뜰 중앙에 있는 커다란 나무 아래에 서서 아리사를 돌아보았다.

"우선 확인해두고 싶은 게 있습니다. 아리사 양, 당신이 쿠제 씨와 함께 회장 선거에 나간다는 건 사실인가요?"

"……맞아. 그게 왜?"

어디서 들은 걸까 하고 생각하며 고개를 끄덕이자, 사야카의 미간에 주름이 생겼다.

그리고 다음 순간, 명백한 적의에 찬 목소리를 토했다.

"참 비열한 짓을 하는군요. 부끄럽지 않은 건가요?"

"……뭐?"

상대방이 대뜸 모멸에 찬 말을 뱉자, 아리사는 화가 나기에 앞서 얼이 나가고 말았다.

"스오우 양이 권유하고 있던 상대를 옆에서 가로채다니…… 그녀를 도발하려는 건가요? 아무리 그래도, 도가 지나치군요."

"뭐, 어……?!"

하지만, 그 말을 듣고는 참을 수가 없었다.

"말이 너무한 거 아냐? 그리고 초면인 너한테 왜 그런 소리를 들어야 하는데?!"

아리사가 고함을 지르자, 안뜰을 둘러싼 건물 안에서 시선이 쏠렸다. 그것을 자각한 아리사는 말을 삼켰지만, 사야카는 전혀 개의치 않으며 냉담하게 대답했다.

"왜냐고요? 스오우 양을 제외하면 저야말로 그 말을 할 권리가 있다고 생각합니다만……. 우리 학교의 신성한 회장 선거를, 가벼운 마음으로 더럽히지 말아 주겠어요?"

"그게, 무슨…… 내가 더러운 수를 써서, 쿠제를 자기편으로 삼았다는 거야?"

"그럼 아닌가요? 어떤 수를 쓴 건지는 모르겠지만, 아무 짝에도 쓸모없는 쿠제 씨를 파트너로 삼는다는 건 스오우 양을 흔들려는 수작으로밖에 여겨지지 않는군요."

"그렇지 않―."

"아라? 타니야마?"

등 뒤에서 들려온 목소리에 아리사가 뒤를 돌아보니, 두 사람의 말다툼을 안 마사치카가 복도에서 안뜰로 나오고 있었다. 마사치카는 범상치 않은 분위기인 두 사람을 걱정스러운 눈길로 번갈아 쳐다보며 사이에 서더니, 아리사에게 물었다.

"……무슨 일이야?"

"몰라. 갑자기 말을 걸어오더니, 내가 더러운 수를 써서 유키 양한테서 너를 빼앗았다는 소리를 하지 뭐야."

"뭐? 이야기가 왜 그렇게 되는데?"

마사치카는 영문을 모르겠다는 듯이 고개를 갸웃거리더니, 사야카에게 물었다.

"으음, 타니야마? 누구한테 무슨 소리를 들은 건지 모르겠지만…… 나는 아랴와 입후보를 하기로 정했거든? 딱히 더러운 수 같은 건……."

마사치카의 말에 사야카는 미간을 찌푸리더니, 안경을 천천히 올려 쓰며 말을 이었다.

"……믿기지 않는군요. 완전히 얼간이가 된 당신이, 왜 저 전학생과 손을 잡을 마음이 든 거죠?"

"아니, 얼간이라니…… 뭐, 부정할 생각은 없지만…… 아무튼, 아랴는 더러운 수 같은 건 쓰지 않았어. 그리고 이 일은 유키도 납득했거든. 전부 네 오해야……. 그러니 아랴에게 무례한 소리를 했다면, 사과해주지 않겠어?"

마사치카는 가능한 한 원만하게 이 일을 해결하려 했다. 하지만 그 순간, 고개를 숙인 사야카에서 소름 돋는 분노가 밀려왔기에 숨을 삼켰다.

"그래요……. 벌을 받아야 할 사람은, 바로 당신이군요……."

지면을 기는 듯한 가라앉은 목소리로 그렇게 말한 사야카는 마사치카에게 성큼성큼 다가가더니, 코앞에서 그의 얼굴을 노려보았다. 그 눈은 무시무시한 적의와 증오로 가득 차 있었기에, 마사치카는 무심코 반걸음 물러났다.

"쿠제 씨, 당신에게 토론회로 도전하겠어요."

"뭐—?"

사야카의 그 선언에, 멀리서 상황을 지켜보던 학생들이 술렁거렸다. 마사치카도 그들과 같은 심정이었다.

"의제는…… 그래요. 『학생회 가입에 있어서의 교사 심사 도입』이 어떨까요?"

"아니, 잠깐만 있어 봐! 너…… 진심이냐?"

"농담으로 이런 말을 할 것 같나요? 당신 같은 인간은 빨리 회장 선거에서…… 아뇨, 학생회에서 나가줘야겠어요. 설마 학생회 임원이란 사람이, 토론회를 거부하지는 않겠죠?"

그 갑작스러운 전개에 마사치카는 당혹스러워할 수밖에 없었다. 하지만 아무래도 눈앞의 소녀는 진심으로 자신을 해치울 작정이었다. 거기에 맞서기 위해서는 토론회에서 이길 수밖에 없다는 것을 눈치챘다.

"……알았어. 일단, 상세한—."

"기다려."

바로 그때, 아리사는 날카로운 어조로 끼어들었다.

"토론회는 회장 선거의 후보들이 하는 거지? 나를 무시한 채 이야기를 진행하지 말아 주겠어?"

아리사는 사야카를 날카롭게 노려보며 그렇게 말했다. 하지만 사야카는 아리사를 쳐다보지 않으며 냉담한 어조로 말했다.

"방해하지 말아 주겠어요? 저는 이제 당신에게 흥미 없으니까요. 성적 말고는 내세울 게 없는 허울뿐인 회장 후보는 입 다물고 있어요."

"뭐— 이쪽을 보란 말이야!"

아리사는 마사치카와 사야카 사이에 끼어들더니, 정면에서 사야카를 노려봤다.

"우리는 회장 선거의 페어야. 네가 회장 후보로서 쿠제를 쓰러뜨리려 한다면, 내가 상대해주겠어!"

정면에서 그렇게 말하는 아리사를 귀찮다는 듯이 쳐다본 사야카는 작은 목소리로 중얼거렸다.

"모처럼, 눈감아주려고 했더니……."

그리고, 경멸에 찬 눈길을 머금으며 고개를 뻣뻣이 들더니, 얼음장 같은 목소리로 말했다.

"좋아요. 두 사람 다 박살을 내주죠. 당신들 같은 인간은 회장 선거에 어울리지 않아요."

사야카가 그렇게 말하자, 주위의 학생들은 당혹감과 흥분에 사로잡히며 술렁거렸다. 올해 첫 토론회가 열린다는 소문은, 오후에 교내 전체에 퍼져나갔다.

"하아, 이번 학기에는 토론회가 열리지 않을 줄 알았는데 말이지……."

방과 후의 학생회실. 마사치카와 아리사 앞에서, 토우야는 사야카가 제출한 신청서를 손에 든 채 고민에 찬 표정을 지었다.

"죄송합니다. 시험 기간 직전에……."

"아냐, 너희는 도전을 받은 입장이잖아……. 그냥 푸념 좀 한 거야. 너희를 탓하는 게 아니니까, 개의치 마."

마사치카를 향해 가볍게 손을 흔든 토우야는 다시 신청서를 쳐다봤다.

"으음, 이렇게 소문이 나버렸으니 이제 와서 사퇴할 수는 없겠지만…… 이 의제는……."

"저를 노리는 거겠죠."

"으, 음…… 역시 그런가……."

신청서에 적힌 의제는, 점심시간에 사야카가 말한 『학생회 가입에 있어서의 교사 심사 도입』. 그리고 그 내용은 간단히 말해 「학생회 임원이 되기 위해서는 교사의 추천을 받아야만 한다」는 것이다.

진짜 노림수가 다른 데 있다는 게 뻔히 보이는 그 내용에, 토우야는 무심코 눈썹을 찌푸렸다. 하지만, 당사자인 마사치카는 어깨를 으쓱하며 별일 아니라는 듯이 말했다.

"현 학생회 멤버 중에서 교사에게 가장 찍힌 사람은 저니까요. 만약 이 의제가 통과된다면, 저는 학생회를 관둬야 할지도 모르겠네요."

"아니, 내용이 내용인 만큼 학생의회에서 가결된다고 학교 측에서 채용할지는 알 수 없지만…… 진짜로 할 거야? 솔직히 말해 너희에게는 아무런 메리트도 없는데 말이지."

"메리트라면 있어요."

아리사가 딱 잘라 그렇게 말하자, 토우야는 흥미롭다는 듯이 그녀를 쳐다보았다. 그리고 투지가 활활 타오르는 눈동자를 보더니, 몸을 약간 뒤편으로 젖혔다.

"그녀를 쓰러뜨린다면, 차기 회장 후보로서 제 입지가 공고해지겠죠. 그리고 이 토론회를 거절한다면, 회장 선거에서 그녀를 이기는 건 불가능할 거예요."

"으, 응……. 뭐, 그건 그렇지."

"게다가, 그 사람은 저와 쿠제를 모욕했어요. 그 발언의 취소와 사과를 받아야 직성이 풀릴 것 같아요."

"그, 그렇구나."

분노에 사로잡힌 아리사를 본 마사치카는 쓴웃음을 지으며 덧붙여 말했다.

"뭐, 꼭 나쁜 일이라고는 할 수 없긴 해요. 방학식 인사 전에, 이름을 알릴 기회가 생긴 거니까요…… 타니야마와의 토론회는 저희의 출마를 어필하기에 더할 나위 없는 기회예요."

"뭐, 네가 그렇게 말한다면……."

마사치카의 말을 듣고 어중간하게 고개를 끄덕인 토우야는 스케줄을 확인했다.

"그래도 시험 기간 직전이니까…… 좀 급할지도 모르지만, 이번 주 금요일 방과 후에 열어야겠군. 어때?"

"저는 괜찮습니다."

"마찬가지예요."

"좋아, 알았어. 그럼 오늘 안에 내용을 공시하도록 할까."

"회장님, 그럼 제가 홍보지를 작성할게요."

"스오우, 부탁해도 될까?"

"네, 맡겨주세요."

집무 테이블에서 고개를 든 유키는 미소를 지으며 쾌히 승낙하더니, 마사치카와 아리사를 쳐다보았다.

"마사치카 씨, 아랴 양, 힘내세요."

"……그래."

"응, 고마워."

"저기, 여러분. 두 사람은 토론회 준비로 바빠질 테니, 토론회까지는 학생회 업무를 면제해주는 게 어떨까요?"

유키가 그렇게 말하며 실내를 둘러보자, 다른 멤버도 고개를 끄덕였다.

"응~. 그편이 좋을 것 같네."

"나도 같은 생각이야."

"유키 님의 뜻에 따르겠습니다."

"그래. 쿠제, 동생 쿠쵸. 이쪽 일은 됐으니까, 너희는 토론회를 준비해."

"아니, 그럴 수는……."

"뭐, 그 안건이 통과된다면 나도 귀찮은 일이 늘어날 것 같거든. 그걸 저지하는 것도 어엿한 학생회 업무니까, 개의치 마."

토우야는 농담 투로 그렇게 말하며 웃었다. 선배의 상냥한 배려에, 마사치카와 아리사는 고개를 숙였다.

"……네. 감사합니다."

"감사해요. 꼭 기대에 부응할게요."

그리고 두 사람은 동료들의 배려에 감사하며, 학생회실을 나섰다.

"자…… 그럼, 교실에 돌아가서 작전회의를 할까?"

"응."

"……이제까지의 경향으로 볼 때, 타니야마는 이런 식의 주장을 하겠지."

"그렇구나……."

"그럼, 상대가 예상대로의 주장을 했을 때…… 너라면 뭐라고 반론할 거야?"

아무도 없는 방과 후의 교실에서, 마사치카와 아리사는 책상을 사이에 두고 마주 앉아서 작전회의를 가졌다.

"……이런 식이면, 어때?"

"응, 괜찮네. 꽤 설득력이 있어. 주장을 좀 더 정리할 필요는 있겠지만……."

토우야에게 받은 신청서 복사본을 보며 사야카가 어떻게 나올지 예상하고, 그에 따른 반론을 짰다. 그러자, 사야카의 폭언으로 짜증에 사로잡혔던 아리사도 조금은 진정했다. 그리고, 사야카가 취한 행동을 냉정히 분석할 여유가 생겼다.

"저기, 쿠제."

"응?"

"쿠제는…… 타니야마 양과, 사이가 나빠?"

"아니, 그렇지는 않……다고, 생각해. 적어도 중등부에서 함께 학생회에 속해 있을 때는 서로를 존중하며 나름 잘 지냈어."

"그랬구나……."

"혹시나 해서 말해두겠는데, 타니야마는 원래 그런 험담을 하는 녀석이 아냐. 뭐랄까…… 그렇게 감정적인 타니야마는, 나도 처음 봤어."

힘없이 고개를 숙인 마사치카가 어깨를 으쓱하자, 아리사는 뜨끔했다. 평소 긴장감 없이 히죽거리던 마사치카가 이렇게 약한 모습을 보여준 건 처음이었다.

　생각해보니 초면인 아리사와 다르게, 마사치카는 아는 사람으로부터 그런 진심 어린 적의를 받았다. 그게 아무리 불합리한 일일지라도, 상처 입지 않는 게 이상했다.

　"쿠제……."

　"응?"

　"아, 저기……."

　어딘가 초췌해 보이는 마사치카에게 무슨 말을 해주고 싶었지만, 뭐라고 말하면 좋을지 알 수 없었다. 애초에 남을 위로해본 적이 없는 데다, 마사치카와 사야카의 관계를 알지 못한다. 이 상황에서 무슨 말을 해봤자 얄팍하게 들릴 듯한 느낌이 들었다.

　"……타니야마 양은 왜 그런 짓을 한 걸까?"

　결국, 입에서 나온 것은 질문이었다. 파트너를 위로해주지 못하는 자기 자신에게, 아리사는 혐오감을 느꼈다.

　하지만 마사치카는 그런 아리사의 자기혐오를 개의치 않았고, 턱에 손을 대며 위쪽을 쳐다봤다.

　"으음…… 글쎄. 나도 생각해봤는데…… 아마, 내가 재미 삼아 선거전을 흔들어놓을 생각이라고 여긴 게 아닐까……."

　"뭐?"

"아, 어디까지나 예상이야. 너한테 들은 이야기도 종합해서 생각해볼 때, 타니야마는 우리가 진심으로 선거전에 임하는 게 아니라고 오해한 것 같으니까……."

"애초에, 왜 그런 식으로 오해한 걸까?"

"으음~~. 너한테 『성적 말고는 내세울 게 없는~』 같은 소리를 했다며……. 뭐, 저기, 이런 말은 좀 그렇지만 말이야. 객관적으로 보자면 전학생인 너는 부활동 실적 같은 것도 없고, 타니야마에 비해 인맥도 부족하지만……."

마사치카가 빠른 어조로 중얼거리듯 그렇게 말하자, 아리사는 그를 째려보며 코웃음을 쳤다.

"뭐, 부정은 하지 않겠지만…… 그러는 너도 귀가부잖아."

"응. 그런 우리 둘이 손을 잡고 선거전에 임하는 걸 보고, 선거전에 진심인 타니야마는 『너희들, 의욕이 있긴 한 거냐. 진심이 아니면 꺼져』 같은 생각이 든 게 아닐까 싶네……."

"그런, 걸까?"

진심이 아닌 인간에게 화가 난 것치고는, 사야카가 아까 보여준 분노는 범상치 않았다. 아까 들었던 폭언을 떠올리고 표정이 굳어진 아리사를, 마사치카가 달랬다.

"뭐. 화가 나는 건 이해하지만, 그래도 진정해."

"쿠제야말로 왜 그렇게 차분한 건데?"

"으음…… 나는 평소의 타니야마를 알잖아. 그런 타니야마가 그렇게 화내는 걸 보면, 그만큼 열받게 하는 짓을 했다 싶은 생각이 들거든."

눈썹 가장자리가 축 처진 마사치카가 힘없는 웃음을 흘리자, 아리사는 미간을 좁히며 목소리를 낮췄다.

"아무리, 그렇더라도…… 그렇게 심한 소리를 해도 되는 이유 따위 못 돼. 확실히 너는 평소에 성실함과는 거리가 멀지만…… 그래도, 그런 소리를 들을 사람이 아니잖아."

그 말을 듣고, 아리사가 자기 때문에 화를 내고 있다는 걸 깨달은 마사치카는 멋쩍어했다. 하지만 아리사가 더는 화내지 말아줬으면 하기에, 난처한 듯이 웃으며 사야카를 변호했다.

"응. 뭐, 그래……. 하지만 나는 원래 유키의 파트너였어. 내가 유력 후보인 유키가 아니라 다른 후보와 손을 잡은 게 그 녀석은 이해가 안 될 테니, 내가 장난삼아 선거전에 뛰어들었다고 여기는 것도 무리는 아냐."

"그건—."

이상해, 하고 말하려던 아리사는 눈치챘다. 이번 일이 자기가 마사치카와 손을 잡았기 때문에 일어났다는 것을 말이다. 그리고, 동시에 눈치챘다. 마사치카가 자기와 손을 잡은 바람에 입은 불이익은, 분명 이것만이 아닐 것이다.

먼저 생각나는 것은 예전에 페어를 이뤘던 유키다. 그리고 두 사람의 소꿉친구라는 아야노가 떠올랐다. 본인은 아무 말도 안 했지만, 그녀들과 아무 일도 없었을 리 없다.

항상 혼자였던 자신과 달리, 마사치카는 분명 희생을 치르며 여기에 있는 것이다.

"저기, 나—."

그렇게 생각한 아리사는 갑자기 무서워졌다. 마사치카는 어디까지나 대등한 존재로서 자신과 손을 잡아줬다. 하지만, 그러기 위해 치러야 할 대가는 같지 않았다. 그런 그에게, 자신은 뭘 해줄 수 있을까? 뭘 줄 수 있을까? 지금도 이렇게 의지할 뿐인 자신이, 대체 뭘—.

"아랴? 왜 그래?"

아리사가 갑자기 입을 다물자, 마사치카는 걱정했다. 눈앞에 앉은 아리사는 안색도 좋지 않았고, 호흡도 가빠 보였다.

"괜찮아? 몸이 안 좋으면……."

"……괜찮아. 딱히 그런 건 아냐."

"그, 래?"

말은 그러지만, 딱 봐도 정상이 아닌 것 같았다. 일단 얼추 대책을 세웠으니 오늘은 이쯤에서 해산해야겠다고 마사치카가 생각했을 때, 아리사가 심각한 표정으로 말했다.

"쿠제…… 혹시, 내가 해줬으면 하는 거 없어?"

"뭐? 갑자기 무슨 소리야?"

"……."

마사치카는 갑작스러운 제안을 듣고 고개를 갸웃거렸지

만, 아리사는 지그시 그를 쳐다보며 아무 말도 하지 않았다.

"으음…… 해줬으면 하는 거, 라……."

그 반응에서 「더는 아무것도 묻지 마」라는 의지를 느낀 마사치카는 볼을 긁적이며 잠시 생각했다.

"아…… 우스꽝스러운 얼굴?"

"진지하게 말이야."

"……오케이."

아리사는 진지하게 묻는 것 같지만, 이런 시리어스한 분위기에서 시리어스한 태도를 취하지 못하는 사람이 바로 마사치카다. 특히 상대가 심각한 분위기일 때는 바보 같은 소리를 해서 분위기를 누그러뜨리는 게 마사치카의 천성이다.

"으음, 그래. 상냥하게 안아주며 사랑을 속삭여서, 넘쳐 나는 모성에 빠져들게 해줬으면 해."

마사치카가 히죽 웃으며 그렇게 말하자, 아리사는 눈썹이 치켜 올라갔다. 그 반응을 보고, 아리사가 「됐어!」하며 화낼 거라 예상한 마사치카는 따귀를 맞는다고 하는 최악의 경우까지 고려하며 긴장했다.

"……좋아."

"뭐?"

그래서, 그 반응은 완전히 뜻밖이었다. 마사치카가 얼빠진 반응을 보이는 사이, 드르륵하고 의자가 밀려나는 소리를 내며, 자리에서 일어선 아리사는 맞은편에 있는 마사치카의 옆에 섰다.

"아니, 저, 저기, 자, 잠, 잠깐만."

옆에서 아리사가 푸른 눈동자로 내려다보자, 마사치카는 의미 없는 말을 늘어놓으며 의자에 앉은 채 뒤편으로 물러났다.

"기, 기다려봐. 농담이었거든? 진정 좀 해."

마사치카는 항복하듯 두 손을 어깨높이까지 들더니, 양손을 펼친 아리사를 말리려 했다. 그러자 아리사는 미간을 찌푸리며 손을 내렸다. 그 모습을 보며 안심하려던 순간, 아리사는 마사치카의 등 뒤로 성큼성큼 걸어가더니……그대로 그의 목에 두 팔을 둘렀다.

"으윽?!"

갑자기 볼에서 살랑거리는 질감이, 등에서는 부드러운 촉감이 느껴지자, 마사치카는 괴성을 지르며 벌떡 일어났다.

하지만 아리사는 개의치 않는다는 듯이 왼팔을 들어 올리더니, 어색한 손놀림으로 마사치카의 머리를 쓰다듬었다.

"아아아아, 아랴?!"

마사치카는 당황한 나머지 목소리가 꼬였지만, 함부로 움직였다간 예기치 못한 접촉 사고가 일어날 것 같아서 가만히 있을 수밖에 없었다.

그렇다고 아리사의 포옹에 몸을 맡길 수도 없기에, 온몸을 딱딱하게 긴장시킨 채 가만히 있었다.

그런 마사치카의 볼에 자기 볼을 댄 아리사는 조용히 속삭였다.

【미안해. 고마워.】

그 사죄와 감사에는 어떤 의미가 담겨 있는지…… 마사치카는 알 수 없었다. 하지만, 그 말과 함께 자신의 어깨에서 가슴으로 향한 아리사의 오른팔에 힘이 꼭 들어가자, 마사치카는 화들짝 놀랐다.

"아랴……?"

"……."

마사치카의 말에, 아리사는 여전히 답하지 않았다. 하지만 마사치카는 자신을 안고 있는 아리사의 팔이, 왠지 뭔가에 매달려 있는 것처럼 느껴졌다.

마사치카가 몸에서 힘을 빼자, 그의 머리에 닿아 있던 아리사의 왼팔이 그녀의 오른팔과 교차되듯 그의 몸에 둘렸다.

【떠나지 마…….】

안타까운 울림이 담긴 그 속삭임에, 마사치카는 가슴속 깊은 곳이 움켜잡히는 듯한 느낌을 받았다. 가슴이 옥죄어드는 고통과 함께, 활활 타오르는 듯한 감정이 샘솟았다.

그 열기에 휘둘리듯, 왼손으로 아리사의 팔을 잡은 마사치카는 오른손으로 아리사의 머리를 쓰다듬었다.

"아랴. 우리는 이길 거야. 타니야마가 상대일지라도, 상관없어. 내가 너와 한 약속은, 그 누구도 깨지 못해."

앞을 보며, 옆에 있는 아리사에게 똑똑히 선언했다. 결의와 각오를, 자기 자신에게 새기듯……. 그렇게 잠시 침묵이 흐른 후, 아리사가 갑자기 몸을 꿈틀거렸다.

"……쿠제, 아파."

"아, 미, 미안해."

무의식적으로 두 손에 힘을 줬다는 것을 깨달은 마사치카는 허둥지둥 아리사에게서 손을 뗐다. 그러자 아리사도 몸을 떼면서 약간 심술궂은 어조로 말했다.

"그래. 네가 의욕이 났다면, 나도 네 요구에 응한 보람이 있어."

고개를 비틀어 뒤편을 올려다보니, 평소처럼 흐흥 하고 웃고 있는 아리사의 얼굴이 눈에 들어왔다. 그 안정적인 공주님 태도를 보고 안도한 마사치카는 쓴웃음을 머금었다.

"뭐…… 아랴 공주께 뜨거운 포옹을 받았잖아. 이렇게 되면 의욕을 낼 수밖에 없지 않겠사옵니까."

"공주라고 부르지 마."

마사치카가 놀리듯 그렇게 말하자, 아리사가 손날로 그의 머리를 때렸다. 하나도 아프지 않은 그 공격에 입가의 쓴웃음이 더욱 진해진 마사치카는 자리에서 일어나더니, 책상을 원래대로 되돌렸다.

"그럼 시간이 이렇게 됐으니까, 오늘은 이쯤에서 끝내자."

"그래."

아무 일도 없었던 듯한 태도로 함께 교실을 나선 두 사람은 방과 후의 복도를 나란히 걸었다.

(타니야마, 나는 너를 쓰러뜨리겠어. 너를…… 또, 상처 입힐지라도 말이야. 나는, 아랴와의 약속을 지킬 거야.)

예전에 어중간한 각오로 쓰러뜨려서 울리고 말았던 그녀의 모습은, 지금도 쓰디쓴 추억으로 가슴속에 남아있다. 하지만, 설령 그녀가 우는 모습을 또 보게 될지라도…… 주저하지 않겠다. 전력으로 쓰러뜨리겠다.

그리고, 증명할 것이다. 자신의…… 자신들의, 진심을 말이다. 그렇게 하면, 분노에 사로잡힌 그녀의 마음이, 조금은 구원될 거라 믿으며…….

(그건 그렇고…… 또, 부끄러운 행동을 해버렸네.)

아까 자신이 취한 행동을 떠올리고, 「이거, 나중에 또 부끄럽겠는걸」 하고 예감한 마사치카는 쓴웃음을 머금었다.

하지만, 그럴 수밖에 없었다. 그때…… 아리사를 향해 손을 내밀었을 때와 마찬가지로, 충동적으로 그리했다. 그때, 마사치카의 뇌리에 떠오른 것이 있었다.

(그래……. 그게, 내가 아랴를 선택한 이유구나.)

문뜩 일전에 아야노가 했던 질문을 떠올린 마사치카는 계단 위에서 멈춰 섰다. 그때, 마사치카는 이유는 모르겠다고 답했다. 솔직히 말하자면, 지금도 이유를 확연하게 깨달은 건 아니다.

하지만…… 자신의 가슴속에서 휘몰아치고 있는 감정이 존재했다. 그것이, 자신이 아리사를 선택한 이유다. 강렬한 비호(庇護) 욕구에 가까운 이 감정은, 분명…….

(응……. 역시, 사랑은 아냐.)

하지만, 어쩌면…… 사랑은 아닐지라도…….

"쿠제?"

생각에 잠긴 채 걸음을 옮기던 아리사가, 계단 중간에서 멈춰 서서 마사치카를 올려다보았다.

그리고, 마사치카의 등 뒤에서 스며드는 석양이 눈부신지 눈을 가늘게 떴다.

그런 파트너는, 어딘가 애틋해 보였고…… 그래서, 마사치카는 정이 담긴 미소를 머금으며 낮은 목소리로 중얼거렸다.

【Я не уйду.】
떠나지 않을게

약속을 지키는, 그때까지는…….

"뭐?"

왼손으로 햇빛을 가린 아리사가 마사치카를 향해 의아한 목소리로 그렇게 말했다.

"아무것도 아냐."

자연스럽게 얼버무린 마사치카는 계단을 내려오더니, 아

리사의 옆에 다시 섰다. 그때는 이미, 마사치카의 표정에 아까 전의 미소가 남아있지 않았다.

제 8 화   이상과 현실과

　　토론회 당일. 토론장인 강당의 무대 옆으로 이어지는 뒷문으로 향한 마사치카와 아리사는 그곳에서 토론 상대와 마주쳤다.

　　"어, 안녕안녕~."

　　사야카는 퉁명하게 고개를 까딱거린 후에 강당으로 들어갔지만, 그 뒤편에 있던 학생은 가벼운 어조로 마사치카에게 말을 건넸다.

　　"쿠젯찌, 오래간만~. 오늘 잘 부탁해~. ……아, 이 말은 이상한가?"

　　"너, 긴장감이 너무 없는 거 아냐?"

　　"뭐, 나는 토론회 중에는 할 일이 없거든~? 그래서 느긋해."

　　말 그대로 느긋한 태도로 손을 흔들고 있는 건, 살짝 파마한 금발을 한쪽만 묶은 여학생이다. 교사에게 아슬아슬하게 지적을 당하지 않을 수준의 화장과, 절묘하게 개조해서 입은 교복. 이 세이레이 학원에서는 보기 힘든 이런 복장은 흔히 날라리라 불리는 부류의 학생들이 하는 것이다. 이제까지 연관점이 없었던 타입의 인간과 마주한 바람에 굳어버린 아리사를 본 여학생은 자기소개를 했다.

"직접 이야기를 나누는 건 처음이지? 안녕~, 나는 미야마에 노노아. 일단~은 사얏찌의 파트너예요~."

"그렇구나…… 나는 쿠죠 아리사. 토론회에서는 최선을 다하자."

"아하하, 성실하네~. 의외로 사얏찌와 마음이 맞을 것 같아."

느긋한 미소를 머금은 노노아가 「아무튼 잘 부탁해~」 하고 말하며 강당으로 향했다.

"방금 그 애가 타니야마 양의 파트너야? 왠지……."

"뭐, 안 어울리지? 겉모습만 보면 고지식한 우등생과 만사태평한 날라리 같으니 말이야. 뭐, 겉모습대로 날라리가 맞기는 해. 저 화려한 용모를 살려서 모델 활동도 하나 봐."

"모델? 그건…… 교칙 위반 아냐?"

"으음~ 부모님이 경영하는 브랜드의 광고탑이니까, 아슬아슬하게 세이프?"

"전에 언뜻 봤을 때부터 신경이 쓰였는데, 저 머리카락은……."

"아, 염색한 게 아냐. 할머니가 미국인이시거든."

"……그렇구나."

아리사가 이해는 했지만 납득이 안 되는 듯한 반응을 보이자, 마사치카는 쓴웃음을 머금으며 말했다.

"저 두 사람은 소꿉친구라고 들었어. 성격과 분위기가 정반대지만, 저래 봬도 사이가 좋지."

"아, 그렇구나……."

"혹시나 해서 말해두는데, 그런 친분으로 페어를 맺은 거라고 생각하면 큰코다칠 거야. 미야마에는 학생회와 상관없이 교내 신분 제도의 최정상에 서 있는 녀석이거든. 인맥 넓이만으로 본다면 학교 안에서도 손꼽힐 거야."

"그렇다면…… 선거에서 큰 힘이 되겠네."

"뭐, 그래도 오늘은 너무 신경 쓸 필요 없어. 너는 타니야마한테만 집중하면 돼."

"응, 알았어."

아리사가 일단 노노아를 머릿속에서 지운 듯하자, 마사치카는 후우 하고 한숨을 내쉬며 물었다.

"그럼, 갈까?"

"그래."

그리고, 두 사람은 결전 장소인 강당을 향해 걸음을 내디뎠다.

"우와, 사람이 꽤 많이 모였는걸. 부활동을 안 하는 학생 중에서 절반 이상이 참가한 거 아냐?"

"뭐, 올해 첫 토론회잖아. 게다가 도전을 한 사람이 타니야마 양이고, 받은 사람이 쿠죠 양이니까…… 주목도가 상당할 거야."

강당에 온 타케시와 히카루는 시험 기간 직전의 방과 후라는 미묘한 타이밍인데도 불구하고, 강당을 가득 채울 정도의 인원이 모였다는 사실에 어처구니없어하며 주위를 둘러보았다. 개시 10분 전인데 이래서야, 최종적으로는 서서 보는 사람이 있을지도 모른다.

"타니야마 양은 공주님과 마지막까지 회장 자리를 다퉜던 애지?"

"그래. 1학년 때는 차기 회장으로 여겨졌는데, 최종적으로는 스오우 양에게 졌어~."

"타니야마 양은 토론회에서 진 적이 없잖아? 나는 그 두 사람이 선거 전에 토론회에서 맞붙었다면, 결과가 어떻게 됐을지 알 수 없다고 생각해."

"나도 같은 생각이야. 하지만 자기 특기 분야로 승부하지 않고, 당당히 선거로 결판을 낸 건 멋지다고 생각해."

"이봐, 그러는 넌 스오우 양에게 투표하지 않았어?"

"그건 그거, 이건 이거야. 적이지만 멋지단 거지."

같이 앉을 빈 좌석을 찾아 강당 안을 돌아다니고 있을 때, 주위 학생들의 목소리가 귀에 들어왔다. 1학년부터 3학년까지, 다양한 입장의 사람들이 토론회의 예상과 참가자에 대한 인상을 이야기하고 있었다.

"이번 의제, 어떻게 생각해?"

"으음~, 대부분의 학생과는 상관없는 일이니까 딱히……
뭐, 그녀라면 철저하게 준비해왔겠지."

"전학생 쪽은 어때? 나, 그 애에 대해 잘 알지 못하는
데……."

"나도 성적이 좋다는 것밖에…… 애초에 연설을 제대로
할 수 있을까?"

"이 쿠제라는 학생, 이름이 귀에 익지 않아?"

"스오우 양이 회장일 때의 부회장 이름 아냐? 잘 모르겠네."

"아하~ 그런 애도 있었나? 어라? 그럼 왜 전학생과 함
께 있는 거지?"

들려오는 이야기는 대부분 사야카에 관한 것이며, 아리
사에 관해 이야기하는 이는 적었다. 마사치카에 관해서는
말할 것도 없을 정도였다.

"……왠지, 벌써 밀리고 있는 느낌이 들지 않아?"

"뭐, 지명도가 너무 차이 나니까 말이야……. 아, 저쪽에
빈자리가 있어."

"어, 진짜네."

한복판의 빈 좌석을 발견한 타케시와 히카루가 거기에
앉았다. 그리고 앞쪽에 있는 무대를 다시 쳐다보니, 중앙
의 연설대를 사이에 두고 오른편에 사야카와 노노아가, 왼

편에 아리사와 마사치카가 앉아 있었다.

다들 그저 의자에 앉아 있을 뿐이지만, 불가사의하게도 사야카에게 시선이 빨려 들어갔다. 등을 꼿꼿이 세우고, 차분하게 앉아서 눈을 감고 있는 그 모습에서는 품격마저 감돌았다.

"당당한걸……. 왠지, 저 애한테 이길 것 같지 않아. 아니, 지는 모습을 상상할 수가 없어."

"역시 마사치카는 차분해 보이지만…… 쿠죠 양은 괜찮을까? 아마 메인으로 이야기를 하는 건 쿠죠 양일 거잖아?"

"뭐, 이럴 때는 회장 후보들이 주로 이야기하고, 부회장 후보는 서포트를 하는 게 보통이긴 해. 부회장 후보가 주로 이야기하다간, 회장 후보가 장식품 같아 보일 거잖아. 설령 이기더라도, 회장 선거에서의 인상이 마이너스가 되면 의미 없어."

"그래……. 괜찮으려나. 쿠죠 양은 말주변이 좋은 듯한 인상이 아닌데…… 그것도, 이렇게 많은 사람 앞에서 해야 하잖아."

"그래……. 적어도 당당하게 자기 할 말을 틀리지 않고 할 수 있어야, 그나마 상대가 될 거잖아."

두 사람은 단상에 있는 아리사를 걱정스러운 눈길로 응시했다. 그 시선을 눈치채지 못한 건지, 아리사는 정면을 똑바로 바라보며 자리에 앉아 있었다. 아무도 없는 연설대를 지그시 응시하는 푸른 눈동자에서는, 한 치의 망설임과 불안이 없는 것 같지만…….

(사람이…… 이렇게 잔뜩…… 모, 목이, 잠기겠어……. 말을, 할 수 있을까?)

마음속으로는, 극도로 긴장했다.

이 토론회에 자신들의 앞날이 걸려 있다는 부담감은 물론 느끼고 있다. 하지만 그 이전에, 이렇게 많은 사람 앞에서 자기 입으로 자기 의견을 이야기한다는 것 자체가, 아리사는 처음 해보는 일이었다.

애초에, 아리사는 고집이 세지만, 자기주장이 강한 편은 아니다. 남에게 아무것도 기대하지 않기에, 이제까지 주장을 할 필요도 없었다. 타인이 자기 의견에 따르게 하지 않는 대신, 자신도 타인의 의견에 따르지 않는다. 그것이 아리사의 기본적인 스타일이었다.

하지만, 지금 필요한 것은 타인을 움직이는 힘이다. 자신의 말로, 타인을 같은 편으로 만드는 힘. 아리사가 이제까지 필요 없다며 멀리했던 힘이다.

(할 수 있을까? 내가…… 또, 그때처럼 거절을 당할 뿐인 건…….)

얼마 전, 축구부와 야구부가 이야기를 나누는 자리에서 들어야 했던 인정사정없는 비난의 폭풍을 떠올린 아리사는 손끝에서 핏기가 사라지는 것을 느꼈다. 속이 안 좋다.

다리가 마비된 것처럼 감각이 없다. 딱딱한 단상 위에 발을 얹었는데, 마치 고무를 밟은 것만 같다.

"아랴."

옆에서 들려온 목소리에, 아리사는 무심코 매달리는 듯한 심정으로 그쪽을 쳐다봤다. 앞에 있는 청중으로부터 눈을 돌리게 해줘서, 정말 고맙다는 생각마저 들었다.

"……왜?"

태연한 척 하며 낸 목소리가, 혹시 떨리지는 않을까. 아리사는 자신이 없었다. 그녀의 시선은 진지한 표정으로 자신을 쳐다보는 소년의 얼굴을 향했다. 평소 같으면 믿음직하다고 여기겠지만, 지금의 아리사에게는 그것조차도 부담감으로 느껴졌다.

(쿠제는 차분해……. 나도, 더 정신 바짝 차려야지. 내가 하기로 한 거잖아. 쿠제를 실망시키고 싶지 않아. 좀 더 진정하자. 냉정해지는 거야. 시, 심호흡. 심호흡, 하면…….)

천천히 숨을 들이마시려고 했지만, 목이, 폐가, 말을 듣지 않았다. 온몸이 사시나무 떨듯 떨리면서, 손발에서 피가 빠져나갔다.

"아랴……."

"쿠, 제……."

더는 허세를 부릴 수가 없었다. 매달리는 심정으로 쥐어짜 낸 목소리는, 꼴사납게 떨리고 있었다. 울고 싶지만 그랬다간 비웃음을 살 것 같아서 머릿속이 엉망진창—.

"너, E컵이라는 게 진짜야?"

"……뭐?"

느닷없이 그런 어처구니없는 질문이 날아오자, 아리사는 무슨 말을 들은 건지 바로 이해하지 못했다. 하지만, 마사치카가 자신의 가슴을 힐끔 쳐다보자, 그제야 사태를 인식했다. 반사적으로 가슴을 두 손으로 가리려 했지만, 단상 위라는 사실을 떠올리고 겨우겨우 멈췄다.

"벼, 변태……! 이 상황에서, 무슨 소리를 하는 거야?!"

목소리를 낮추며 비난 섞인 말을 입에 담았다. 그러자, 마사치카는 매우 진지한 표정으로 청중을 쳐다봤다.

"응, 나도 그렇게 생각했어……. 이렇게 많은 사람 앞에서, 이상한 짓을 하는 건 무리라고 말이야. ……하지만 말이지? 동시에 이런 생각이 들지 뭐야. 이상한 짓을 못 한다는 건, 따귀를 때리거나 도망치지도 못한다는 거라고."

그리고, 훗 하고 웃음을 흘린 마사치카는 온화한 표정으로 아리사를 돌아보았다.

"눈치채고 만 거야…… 어라? 마음껏 성희롱을 할 수 있겠네? 하고 말이지."

"확 죽어버려."

"크크큭, 녀석들도 내가 단상 위에서 이런 쓰레기 같은 소리를 할 줄은 꿈에도 모를 거야……."

"나도 알고 싶지 않았어."

"푸헤헤, 아가씨……. 오늘은 어떤 색깔 팬티를 입었어?"

"윽! ……하아."

진지한 표정으로 음담패설을 뱉는 파트너에게 반사적으로 따귀를 날려주려다가 참은 아리사는 피곤이 묻어나는 한숨을 내쉬었다. 진짜로 이런 녀석을 파트너로 삼기로 한 게 잘한 건지, 자기 판단에 불안이 감돌았다.

"부탁이니까, 긴장 좀 해……."

"이봐, 나도 조금은 긴장했거든? 아, 타케시와 히카루 발견~. 이봐~."

"긴장은 무슨. 어, 잠깐만!"

아리사는 친구를 향해 손을 흔드는 마사치카의 손목을 움켜잡더니, 억지로 무릎 위에 올려뒀다. 그리고, 그 긴장감 없는 얼굴을 날카롭게 노려봤다.

"저기, 진짜로 그만 좀 하면 안 돼? 부끄럽거든?"

"안심해. 너보다 내가 더 부끄러울 거야."

"그럼 좀 부끄러운 티 좀 내."

"소, 손이 참 듬직해……. 꺄아, 그렇게 뜨거운 눈길로 쳐다보지 마. 나, 나, 부끄러워……!"

"……."

"어이쿠, 쓰레기를 보는 듯한 눈길인걸?"

마사치카가 진지함과는 동떨어진 태도를 보이자, 아리사

는 거칠게 그의 손을 놓으면서 아무 말 없이 고개를 휙 돌렸다.

"이봐~, 아랴 양~."

"……."

"뭐야. 긴장을 많이 한 것 같아서 좀 풀어주려고 했을 뿐인데~."

"……딱히 긴장 안 했거든?"

"정말~? 아직 표정이 딱딱하거든?"

마사치카는 퉁명하게 대꾸하는 아리사의 얼굴을 지그시 쳐다보며 미심쩍은 목소리로 말했다. 실제로 볼에 혈색이 좀 돌아오기는 했지만, 여전히 무리하는 느낌이 들었다. 마사치카는 작게 한숨을 내쉰 후, 진지한 톤으로 상냥히 말을 건넸다.

"긴장했다는 걸 딱히 숨길 필요는 없어. 처음으로 학생 의회를 하는 거니, 긴장하는 게 당연해. 오히려 『긴장했지만 열심히 할 테니 잘 부탁드려요』라고 자기 입으로 말하는 정도가 딱 좋아."

"……그런 소리, 안 해."

"뭐, 안 하겠지."

미리 도망칠 구멍을 마련해두는 것 같은 물러터진 짓을, 아리사는 절대 하지 않는다.

완벽주의자인 아리사는 처음부터 끝까지 완벽하게 해낼

생각일 것이다.

"아랴, 이쪽을 봐."

"……응?"

의아하다는 듯이 쳐다보는 아리사의 눈을 응시하며, 마사치카는 물었다.

"아랴, 네 적은 누구지?"

"……타니야마 양이잖아?"

"아냐. 네 적은, 네가 이상적으로 여기는 완벽한 너 자신이야. 안 그래?"

마사치카가 그렇게 말하자, 눈동자가 희미하게 흔들린 아리사가 천천히 고개를 끄덕였다.

"……맞아. 나는, 이상적인 나 자신이 할 수 있는 일을 못 하는 것을 가장 두려워하는 걸지도 몰라."

"그렇지? 즉, 평가 기준은 너 자신이야. 그리고, 연설대에서 이야기를 하는 것도 너뿐이지. 관객은 어디까지나 관객이야. 질의응답도 없는 만큼, 아무리 숫자가 많더라도 상관없어. 안 그래?"

"그런, 거야?"

"그래."

불안한 듯이 시선이 흔들리는 아리사를 향해, 마사치카는 일부러 그렇게 단언했다. 정신적으로 불안정한 상태일수록, 자신감에 찬 단호한 말이 효과적이란 것을 마사치카는 알고 있다.

"너는, 네가 생각하는 가장 멋진 자기 자신을 연기하는 것만 생각하면 돼. 안심하라고. 여차할 때는 내가 어떻게든 해줄게."

"……."

아리사는 마사치카의 말을 곱씹듯이 천천히 눈을 깜빡인 후, 약간 차분한 어조로 정면을 쳐다봤다.

마침 그때, 의장을 맡은 토우야가 단상으로 올라왔다.

"쿠제, 쿠죠. 곧 시작할 시간인데, 괜찮지?"

"괜찮아요."

마사치카는 그렇게 단언한 후, 옆에 있는 아리사를 쳐다봤다. 그러자 아리사도 조용히 토우야를 쳐다보며 고개를 끄덕였다.

"저도, 괜찮아요."

"음, 좋아."

토우야는 고개를 끄덕인 후, 이번에는 사야카 쪽으로 향했다. 그리고 확인을 마친 후, 토우야는 무대 왼편에 설치된 사회자석에 서서 마이크를 향해 말했다.

"시간이 됐으니, 이제부터 학생의회를 개회하겠습니다."

토우야가 개회 선언을 하자, 청중들이 하나둘 입을 다물었다. 조용해질 때까지 기다린 후, 토우야는 참가자 소개를 이어갔다.

"의장은 저, 학생회장인 켄자키 토우야가 맡겠습니다. 건의자는 1학년 F반의 타니야마 사야카, 그리고 1학년 D반의 미야마에 노노아입니다."

토우야가 시선을 보내자, 사야카와 노노아가 자리에서 일어나 인사를 했다. 관객석에서 박수 소리가 들려왔고, 지지자들이 격려를 보냈다.

"항의자는 학생회 회계인 쿠죠 아리사, 그리고 학생회 서무인 쿠제 마사치카입니다."

이어서 아리사가 단아하게, 그리고 마사치카는 약간 연기하는 느낌으로 인사를 했다. 이번에도 박수 소리가 들려왔지만 아까보다 작았으며, 격려를 보내는 이도 없었다.

"의제는 『학생회 가입에 있어서의 교사 심사 도입』입니다. 그럼 건의자, 주장을 해주십시오."

"네."

마이크를 쓰지 않아도 먼 곳까지 울려 퍼지는 목소리로 똑똑히 대답한 사야카는 자리에서 일어났다. 긴장한 기색 없이 무대 위를 걷더니, 도중에 토우야에게 인사를 한 후에 당당히 연설대 앞에 섰다. 그와 동시에, 무대 후방의 스크린에 사야카의 모습이 크게 비쳤다.

"여러분. 바쁘신 와중에 이렇게 모여주셔서 감사합니다. 이번에 제가 제안한 것은 『학생회 가입에 있어서의 교사 심사 도입』. 간단히 말해, 학생회에 들어가려는 학생은 교사의 추천을 받도록 하자는 제안입니다."

관객을 둘러보며 인사를 한 후, 사야카는 자연스럽게 자기 의견을 말했다.

"현재, 학생회 임원은 회장 및 부회장이 뽑게 되어 있습니다. 하지만 그 실상은 입후보한 학생을 무차별적으로 받아들인다 해도 과언이 아닙니다. 중등부와 고등부에서 일시적으로 학생회 임원이었던 적이 있는 학생 전원을 대상으로 앙케트 조사를 실시한 결과—."

(……맙소사. 그런 데이터까지 준비한 거냐.)

이 짧은 시간에 수치 데이터까지 준비한 용의주도함에, 마사치카는 혀를 내둘렀다.

(아니, 이건 타니야마가 아니라 미야마에가 한 거겠지…….)

칭찬과 쓴맛이 반반 섞인 시선을 노노아에게 보내자, 그녀는 자기는 이 일과 상관없다는 듯이 손톱이나 쳐다보고 있었다.

아무래도, 이 의회 중에는 방관자라는 입장을 고수하려는 것 같았다.

"이를 통해, 입후보만 한다면 누구라도 학생회 임원이 될 수 있다는 실상은 이해하셨을 거라 생각합니다. 하지만, 이대로 괜찮을 걸까요? 전통과 격식 있는 이 세이레이 학원의 학생을 대표하는 학생회가, 아무리 행실에 문제가 있는 학생일지라도 들어갈 수 있는 조직이라도 괜찮을까요?"

객관적인 사실을 드러낸 후, 사야카는 날카로운 어조로 청중에게 이야기했다.

"저는, 선택받은 우수한 학생만이 학생회에 들어가야 마땅하다고 생각합니다. 여러분은 그렇게 생각하지 않습니까? 자신들의 대표, 혹은 부활동을 하는 사람에게 있어 때때로 자신의 윗사람으로 군림하는 학생회 임원은 그에 걸맞은 자질을 지닌 이가 되어야 하지 않을까요? 상상해 보세요. 평소 성적이 나쁘고 행실에도 문제가 많은 학생이, 학생회 임원이 되어 자신의 위에 서는 겁니다. 자신들에게 지시를 내리고, 허가를 내리는 입장이 되는 거죠. 싫지 않습니까?"

사야카의 말에, 관객석에서 「듣고 보니 그렇긴 해……」라는 분위기가 흐르는 것을 마사치카는 감지했다.

(역시, 능숙한걸…….)

이제까지 「학생회에 들어가고 싶은 것도 아니니, 아무래도 상관없다」며 남의 일처럼 여기던 학생들의 시점을 바꿔줘서 당사자로 만들었다.

지금, 학생들의 의견은 「아무래도 상관없지만, 기왕이면 우수한 인간이었으면 좋겠다」는 방향으로 기울었다. 사야카가 바라는 대로 전개되고 있는 것이다.

"그러니, 교사의 심사를 도입하자는 겁니다. 구체적으로는 학생회 가입 신청서에 담임 선생님과 학생 주임 선생님, 그리고 생활 지도 선생님과 교장 선생님의 도장을 받는 형식으로 하는 거죠. 이에 따라, 선생님들에게 인정을 받은 진정한 우수한 학생만으로 구성된 학생회가 완성되는 겁니다."

관객석에 시선을 보내며, 사야카는 마지막 마무리라는 듯이 힘찬 어조로 말했다.

"보다 세련되고, 뛰어난 품격과 권위를 겸비한 학생회를 실현하기 위해! 부디 여러분께서 찬동해주시기를 바랍니다!! ……제 이야기를 들어주셔서, 감사합니다."

사야카가 인사를 하자, 관객석에서 힘찬 박수와 지지자들의 환성이 터져 나왔다. 손을 들어 보이며 거기에 응답한 사야카는 토우야에게 시선을 보냈다. 그러자 토우야는 마이크를 손에 쥐었다.

"그럼 질의응답으로 넘어가겠습니다. 항의자, 질문 있습니까?"

토우야가 아리사와 마사치카를 쳐다보자, 청중의 시선도 그쪽으로 향했다. 사야카의 멋진 주장에, 소문 자자한 전학생은 어떻게 맞설 것인가. 관심과 기대에 찬 시선이 몰린 가운데, 아리사는 조용히 토우야를 바라보며…… 아무말 없이 고개를 좌우로 저었다.

"으음, 없습니까?"

토우야가 의표를 찔린 투로 확인하자, 마사치카는 손을

흔들어서 계속 진행해달라고 요청했다. 뜻밖의 전개를 본 학생들은 「뭐야, 벌써 항복한 거냐」라는 식의 실망스러운 분위기에 사로잡혔다. 하지만 이것은 처음부터 마사치카가 아리사와 상의해서 정해뒀던 것이었다.

토론회 경험이 많은 사야카가 질의응답에서 빈틈을 보일 리가 없다. 함부로 질문을 했다간, 완벽한 반격에 점수를 잃을 뿐이다. 그럴 바에야 질문을 하지 않는 편이 낫다. 그것보다, 상대의 주장을 들은 후에 당당히 자신의 주장을 말하는 여유를 보여주는 편이 낫다고 판단했다.

(여기까지는, 예정대로야.)

사야카의 주장도, 줄거리는 예상했던 대로였다. 문제는 없다. 남은 건 아리사가 하기 나름이다.

"자, 준비는 됐어?"

"……응."

아리사가 조용히 대답했을 때, 토우야의 목소리가 들려왔다.

"……그럼 이어서 항의자 측의 주장을 듣겠습니다."

"네."

특별히 힘을 주지 않았는데도 또렷하게 들리는 목소리로 대답한 아리사는 자리에서 일어났다.

"좋아, 다녀와!"

등 뒤에서 마사치카의 격려가 들려오자, 아리사는 천천

히 연설대로 향했다. 그런 아리사에게, 청중들의 흥미에 찬……이라고 말하기에는 꽤 심술궂은 시선이 쏠렸다.

"(자, 이 상황에서 어떻게 역전하려는 걸까?)"

"(에이, 질의응답에서 아무 말 못 했던 걸 보면 끝난 거 아냐? 타니야마 양이 이긴 거나 다름없다고.)"

"(내가 말했지? 스오우 양 말고는 승산이 없단 말이야.)"

"(뭐, 저 『고고한 공주님』의 연설을 일단 들어보기나 하자고.)"

강당 곳곳에서 멸시와 조소가 섞인 목소리가 들려왔다. 이곳의 분위기는 아리사가 어떤 반론을 하는지보다, 저 『고고한 공주님』이 어떤 식으로 패배할지를 기대하는 방향으로 흘러가고 있었다.

무대 옆에서 그런 부정적인 분위기를 느낀 치사키가 눈을 부라리며 나서려 했지만, 마리야가 팔을 잡으며 말렸다. 연설대로 향하는 아리사를 지켜보는 마리야는, 여동생을 믿는 엄격하고 상냥한 언니의 눈빛을 머금고 있었다. 그리고, 당사자인 아리사는…… 주위의 반응을 전혀 의식하지 않으며, 자신의 내면에 의식을 집중하고 있었다.

(내가 생각하는, 이상적인 나…… 가장, 멋진 나…….)

마사치카가 한 말을 되새기며, 자신이 이상적으로 여기는 모습을 상상했다. 아까 연설대에 선 사야카도 당당하고 멋있었다. 하지만, 그 이상으로…….

(그래, 그때…… 어떻게 했지?)

떠올렸다. 그때의, 누구보다도 멋졌던 그의 모습을. 그때, 그는…….

(그래, 맞아.)

상상을, 마쳤다. 이제 머릿속에 떠오른 이미지에 따르기만 하면 된다.

연설대에 서서, 관객석을 천천히 둘러보았다. 그리고…… 아리사는, 웃었다.

연설대에 선 아리사가 미소를 머금은 순간, 관객석이 적지 않게 술렁거렸다. 어떤 사람을 허를 찔린 것처럼, 어떤 사람은 순수하게 놀라서, 그리고 어떤 사람은…… 그 미소에서 어떤 소년을 떠올리고, 눈을 치켜떴다.

"여러분, 안녕하세요. 학생회 회계를 맡고 있는 쿠죠예요. 이번 안건에 관해, 학생회 대표로서 반론을 할까 합니다. 부디, 잘 부탁드려요."

그리고, 약간 연기하는 듯한 태도로 인사했다. 여유를 가득 담아, 마치 상대의 건투를 칭송하듯 당당히…….

순식간에 이 자리에 있는 전원은, 아까 질의에서 침묵을 지켰던 것이 질문을 『하지 못한 것』이 아니라 『할 필요가 없었던 것』이라고 직감했다.

저『고고한 공주님』의 이미지에 걸맞지 않은 도발적인 인사에, 청중들의 눈빛이 달라졌다.

"자, 아까 타니야마 양은 학생회 임원의 임명 수속에 선생님의 심사를 도입해서 학생회의 권위를 높여야 한다고 말씀하셨어요. 하지만, 제 의견은 다르답니다. 저는, 교사의 심사가 도입되면 학생회의 권위가 떨어질 거라고 생각해요. 왜냐하면 그것은, 학생회의 핵심인 학생회장과 부회장이 지닌, 학생회 임원의 임명권을 박탈하는 일이니까요."

지극히 논리적으로 여겨졌던 사야카의 주장에 아리사가 정면에서 반론하자, 관객인 학생들은 좋든 싫든 흥미를 느낄 수밖에 없었다.

"학생회에서 학생의 선망과 존경을 모으는 건, 선거로 뽑힌 학생회장과 부회장이에요. 혹독한 선거전에서 승리해 그 지위를 거머쥔 두 사람이기에, 학교에서 수많은 권한을 부여해주고 있죠. 학생회 임원의 임명권은 그런 권한의 대표 격이라 할 수 있어요. 그런 권한을 부분적이라고는 해도 교사에게 넘겨준다는 게 어떤 의미일까요? 그것은 지금의 학생회는 교사의 손을 빌리지 않으면 자기 위엄을 지키지 못한다고 말하는 거나 다름없지 않을까요?"

강당 안에서, 아리사의 주장이 울려 퍼졌다. 그 당당하고 아름다운 모습을 본 누군가는 감탄 섞인 한숨을 토했고, 그 당당한 태도를 본 누군가는 탄성을 흘렸다. 아리사는 겨우 몇 분 만에 강당 안의 분위기를 바꿔놓았지만, 당사자인 그녀는 그것을 의식하지도 않으며 담담히 자신의 생각을 이야기했다.

"이 학교는 학생의 자치를 중시합니다. 학생회에 큰 재량권이 주어진 것도 그 때문이죠. 그런 학생회의 멤버를 자유롭게 정할 수 있는 입장이기에, 학생회장과 부회장은 특별한 거예요. 만약 학생회 임원 선정에 교사의 심사가 더해진다면 어떤 일이 벌어질까요? 회장과 부회장은 자신들이 뽑은 학생을 자유롭게 학생회에 영입할 수 없게 되겠죠. 선생님들의 인정을 받은 임원의 가입을 거부할 수도 없을 거예요. 사실상, 학생회 임원의 임명권은 교사에게 맡겨지게 됩니다. 교사가 뽑은 임원이, 학생회의 실무 대부분을 맡게 되는 거죠. 그것은 세이레이 학원 학생회의 본래 모습과 동떨어져 있지 않을까요?"

아리사의 열변에, 사야카의 의견 쪽으로 기울어졌던 청중이 흔들리기 시작했다고 마사치카는 느꼈다.

(좋아. 차분하게 이야기하고 있잖아. 완벽해.)

당당히 이야기를 이어가는 아리사를 본 마사치카는 가슴을 쓸어내렸다. 솔직히 말해, 예상 이상이었다. 방금까지 긴장해 있었던 그녀를 보고, 조금은 말투가 어색할 거라고 생각했지만…… 이 정도면 충분히 해볼 만했다.

(교사의 심사를 통과한 엘리트만을 모은 편이 학생회의 격이 상승할 거라는 타니야마의 주장. 학생 투표로 뽑힌 회장과 부회장이 모든 임명권을 쥐고 있기에, 학생회의 격이 지켜진다는 아랴의 주장. 양쪽 다 일리가 있어……. 현재까지는 비등비등한 상황인가……?)

아리사의 뒷모습을 만족스러운 듯이 지켜보던 마사치카는 왼편에서 날아오는 날카로운 시선을 느꼈다.

그쪽을 향해 고개를 돌리자, 안경 너머의 날카로운 안광으로 자신을 노려보는 사야카의 모습이 눈에 들어왔다. 그 눈은 「네가 저렇게 말하라고 시킨 거지?」 하고 말하고 있었다.

(아냐, 타니야마. 이건…… 전부 아랴가 스스로 생각해 낸 말이야.)

마사치카는 아리사가 하려는 주장에는 전혀 관여하지 않았다. 그는 그저 사야카가 어떤 주장을 할지 예상했을 뿐이다. 아리사의 주장은, 마사치카의 예상에 근거해 아리사가 짠, 100퍼센트 아리사만의 생각이다.

(네 상대는 내가 아니라 아랴야.)

그런 의지를 담아 사야카를 쳐다본 바로 그때, 아리사의 주장이 끝나면서 질의응답이 시작됐다. 사야카는 즉시 손을 들며, 아리사에게 덤벼들었다.

"학생회장과 부회장이 학생회 임원의 임명권을 쥐고 있

다 하셨는데, 아까 제가 말했다시피 최근에는 입후보한 학생 전원이 임원으로 뽑혔어요. 그 점에 관해 어떻게 생각하죠?"

"그로 인해 문제가 발생하지 않았다면, 괜찮지 않나요? 만약 문제가 생겨서 학생들로부터 불만의 목소리가 나온다면, 그때는 학생회장이 결단을 내려야 하겠죠. 그게 위에 선 자의 책임일 테니까요."

마사치카가 알려주는 대로 말할 뿐이라면, 질의응답에서 틈이 생길 거라고 생각했으리라. 하지만, 아리사는 흔들리지 않았다.

"졸업생 여러분 사이에서는 학생회의 질적 저하를 우려하는 목소리가 나오고 있어요. 그러니 선생님의 안목을 포함시켜야 한다고 생각합니다만, 어떻게 생각하나요?"

"그 결정을 내려야 할 사람이야말로 학생회장과 부회장이 아닐까요? 자신들의 실력 부족을 인정하고, 교사에게 도움을 청하는 것도 일종의 결단이에요. 하지만 그건, 저희가 결정할 일이 아니에요."

오히려, 사야카 쪽이 점점 여유를 잃어갔다. 상대가 예상 이상의 실력자라는 것을 알고, 조금씩 주장에서 논리성이 떨어지기 시작했다.

(네 실수는 상대를 잘못 봤다는 거야. 눈앞에 있는 아랴가 아니라, 존재하지도 않는 내 환영만을 좇았지. 네 상대

는 처음부터 아랴였는데, 너는 나만 쳐다봤어…….)

마사치카는 처음부터, 사야카를 상대할 생각이 없었다. 아리사의 주장을 미리 듣고, 사야카를 충분히 상대할 수 있을 거라 여겨서 전면적으로 맡겼다.

그렇다. 마사치카의 상대는 사야카가 아니다. 마사치카가, 상대해야 할 사람은…….

(자, 어떻게 나오려나?)

아리사에게 논리성이 떨어지는 질문을 던지고 있는 사야카의 옆, 노노아를 쳐다봤다. 이제까지 이 일에 관심 없는 듯한 태도를 보이고 있던 노노아도, 조용히 마사치카를 쳐다봤다.

그리고 마치 뭔가를 사죄하듯 눈을 감으며 목례를 하더니, 치마 호주머니에 손을 집어넣었다.

"……어?"

……변화는, 서서히 일어났다.

처음에 일어난 건, 소소한 술렁거림이었다. 그것이, 서서히 강당 전체로 퍼져나가기 시작했다. 귀를 기울여보니, 단편적으로 『전학생』, 『외부인』 같은 단어가 들렸다. 그와 동시에, 관객석에서 사야카를 향한 성원이 들려왔다.

(쳇, 당했어……. 바람잡이인가.)

인상 조작. 교내에 넓은 인맥을 지닌 노노아라 가능한 장외전술이다.

이 학교에는 상류층 자제가 다수 다니기에, 선민사상을 지닌 학생이 적지 않게 있다. 그런 학생에게, 초일류 기업의 사장 영애인 사야카와 중류층 전학생인 아리사에 대한 인상은 크게 차이 났다. 청중 사이에 심어둔 바람잡이가 그런 부분을 자극하자, 주장의 논리성을 제쳐두고 감정에 따라 사야카에게 투표할 가능성이 크다. 하지만, 그것보다 더 문제인 건……

"아……"

아리사가 청중의 존재를 의식하기 시작했다는 점이다. 이제까지 자기 자신만 의식하면서 유지하고 있던 냉정함이, 청중을 의식하면서 흔들렸다.

뒤에서 봐도, 그녀의 몸이 급격하게 굳어가는 게 확연히 느껴졌다.

"으……!"

아리사가 갑자기 입을 다물자, 학생들은 더욱 술렁거렸다. 그 바람에 초조해진 아리사는 말을 해보려 했지만, 거꾸로 더 말이 나오지 않았다.

(빨리, 말해야 해…… 어라? 무슨 말을 하려다…… 질문, 뭐였더라. 빨리, 무슨 말을, 하지만, 뭐라고ㅡ.)

긴장이 정점에 달해서 패닉 상태에 빠지려던 순간, 누군가가 아리사의 등을 두드려줬다.

"잘했어. 뒷일은 나한테 맡겨."

아리사가 튕기듯 목소리가 들린 방향을 쳐다보자, 그 누구보다 믿음직한 소년의 모습이 눈에 들어왔다.

마사치카는 아리사와 나란히 연설대에 서더니, 씨익 웃으면서 마이크를 쥐었다.

"실례하겠습니다. 질의응답 도중이지만, 여기서부터는 제가 이어받겠습니다. 예상보다 길게 말을 한 바람에, 목에 문제가 생긴 거 아냐? 정말, 평소에 말을 너무 안 하니까 이렇게 되는 거라고."

그리고, 그는 아리사의 시선을 받으며 놀리듯 그렇게 말했다. 평소처럼 놀림을 당한 아리사가 삐친 듯한 표정을 짓자, 관객석에서 웃음이 터져 나왔다.

강당 안의 분위기가 누그러지자, 마사치카는 비장의 카드를 꺼내 들기로 결의했다.

(주장의 논리성으로 이길 수 있다면, 그걸로 충분하겠지만…… 그쪽에서 감정에 호소한다면, 이쪽도 같은 수를 써주겠어.)

가능하면 이 방법은 쓰고 싶지 않았지만…… 아리사와 약속했다. 「여차할 때는 내가 어떻게든 해줄게」 하고 말이다. 그러니…… 마사치카는 웃는 얼굴로 이 토론회 자체를 박살 내버리기로 작정했다.

"으음, 그럼 목에 문제가 생긴 파트너를 대신해 후딱 마무리를 지을까 하는데…… 애초에, 더 논의할 필요가 있긴 할까요?"

마사치카가 장난스러운 태도로 대뜸 그런 폭탄 발언을 하자, 청중이 술렁거렸다. 바로 그때, 마사치카는 쉴 새 없이 추격타를 날렸다.

"이런 논의는 한 달 전에 결판이 났지 않나요?"

무슨 말인지 몰라 고개를 갸웃거리는 청중을 둘러보며, 마사치카는 오른팔을 들어서 사회자석에 있는 토우야를 가리켰다.

"켄자키 회장님이 뽑힌 시점에서…… 여러분은 마음을 굳힌 것 아닌가요?"

갑자기 지명을 당해 눈을 치켜뜬 토우야에게, 학생들의 시선이 몰렸다.

"여러분도 알다시피, 켄자키 회장님은 1년 전만 해도 반에서 눈에 띄지 않는 열등생이었어요. 아니, 본인이 자기 입으로도 한 말이니 그냥 말해버리겠는데, 완전 아싸였죠! 선생님에게 인정받는 건 완전 무리인 밑바닥 아싸였다고요!!"

"이봐?!"

토우야가 무심코 헛웃음을 터뜨리며 그렇게 외치자, 강당 안은 웃음바다가 됐다. 마사치카는 그 틈을 이용해 더욱 몰아붙였다.

"하지만, 켄자키 회장님은 노력했습니다. 학생회에 들어간 후로 필사적으로 노력했고, 성적을 올렸으며, 남자다움을 갈고닦아, 결국 세이레이 학원의 돈나를 거머쥐었죠! 여러분도, 그런 켄자키 회장님의 모습에 감동한 것 아니었나요? 아싸 열등생에서 카리스마 학생회장으로 변신한 그를, 응원하고 싶단 생각을 한 게 아니었나요?!"

손짓 발짓을 섞으며 말을 쏟아낸 마사치카는 잠시 입을 다물며 청중을 둘러보았다. 그리고 학생들의 시선이 모인 타이밍에, 조용한 어조로 말했다.

"켄자키 회장님이 학생회장이 된 건, 그 어떤 학생도 열의만 있으면 학생회 임원이 될 수 있다는 시스템 덕분입니다. 다시 묻죠. 논의를 더 할 필요가 있을까요?"

마사치카가 그렇게 물었지만, 대답은 없었다. 모두가…… 사야카와 노노아마저도 완전히 침묵했다.

"아아…… 으음. 갑자기 후배한테 놀림을 당해 놀랐는데…… 질문이 없다면 최종 변론으로 들어가도록 하겠습니다. 건의자, 괜찮겠습니까?"

"……."

사야카가 아무 말 없이 자리에서 일어나자, 마사치카는 아리사의 등을 밀며 자리로 돌아가려 했다.

그렇게 연설대에서 내려온 순간…… 노노아의 깜짝 놀란 목소리가 들려왔다.

"어, 잠깐만, 사얏찌?!"

그 목소리에 뒤를 돌아보니, 사야카는 무대 아래로 뛰어

내려가고 있었다. 예상외의 사태였다. 그리고 언뜻 보인 사야카의 표정 탓에…… 마사치카는 그 자리에서 꼼짝도 할 수 없었다. 얼어붙은 마사치카 대신, 아리사가 움직였다. 그대로 사야카를 쫓아 무대 아래로 뛰어 내려갔다.

건의자와 항의자, 양쪽의 대표가 중도 퇴장한다고 하는 전대미문의 사태가 벌어지자 강당 안은 심하게 술렁거렸다. 다들 당황하며 우왕좌왕하는 가운데, 머리를 긁적이며 자리에서 일어난 노노아가 연설대 중앙으로 걸어갔다.

"미안해, 폐를 끼쳤어."

그리고 도중에 마사치카에게 그렇게 말한 후, 연설대에 서서 양손을 들었다.

"저기~, 항복할게요~."

이 항복 선언 또한 전대미문이었기에, 한순간 침묵이 흐른 후에 강당 안은 당혹감 어린 쑥덕거림으로 가득 찼다. 바로 그때, 가장 먼저 정신을 차린 토우야가 당황한 어조로 말했다.

"어, 으음~. 건의자의 안건을 부결해도…… 괜찮다는 거지?"

"아, 네, 괜찮아요. 이야, 우리 사야카가 소란을 일으켜서 죄송해요~."

그렇게 말하며 고개를 숙이는 노노아를 본 토우야는 헛기침을 한 후에 선언했다.

"그럼 안건을 부결 처리하겠으며······ 이것으로, 학생의회를 마치겠습니다."

그렇게, 학생의회는 당혹감 속에서 막을 내렸다.

"그럼 부탁드릴게요, 마사치카 씨."

"그래. 나한테 맡겨, 유키."

저 두 사람을 본 순간, 이상적인 두 사람이라고 생각했다.

모든 이를 끌어당기는 이상적인 매력, 압도적인 카리스마. 그것을 뒷받침하는, 그림자 속의 공로자.

전폭적인 신뢰를 담아 등을 맡기고, 끝없는 헌신으로 등을 떠받쳐주는 관계.

아아, 저 두 사람은 누구보다 굳건한 신뢰 관계와 깊은 유대로 맺어져 있었다. 저들에게 이기지 못하는 게 당연하다. 칭찬과, 감탄과······ 약간의 선망을 느끼며, 포기할 수 있었다.

그래서, 저 두 사람을 보고 배신당했단 생각을 했다.

왜 당신이 거기 있는 건가. 내가 동경하고, 숭고하다고 여겼던 그 유대는, 거짓이었던 건가. 동경과 존경은 증오로 바뀌었고, 어떤 수를 써서라도 저 두 사람을 찢어놓아서 그 관계를 부숴버리자고 생각했다.

하지만…… 나란히 선 저 두 사람을 보고, 왜 마음이 떨리는 걸까.

예전에는 한 걸음 물러서 있던 그가, 지금은 나란히 서 있다. 예전보다 밝고, 생생한 얼굴로……

왜 저런 표정을 짓는 걸까. 옆에 있는 건, 그녀가 아닌데. 왜, 어째서…… 어째서 이렇게 가슴이 아픈 걸까.

"거기, 서!"

사야카가 강당에서 뛰쳐나와 체육관 뒤편에 도착했을 때, 아리사가 그녀를 따라잡았다. 등 뒤에서 그녀의 팔을 움켜잡으며, 억지로 멈춰 세웠다.

"강당으로 돌아가자. 도중에 도망치는 건, 용서 못 해!"

걸음을 멈춘 사야카가 돌아보거나 대답하지 않자, 아리사는 눈을 치켜떴다.

"무슨 말 좀—."

아리사가 억지로 사야카를 돌려세운 순간, 그녀의 얼굴을 보고 숨을 삼켰다.

"너—."

당황한 아리사가 떨리는 목소리로 그렇게 말하자, 사야카는 눈물에 젖은 눈동자로 노려보며 그녀의 손을 떨쳐냈다.

"왜……! 왜, 당신이……!"

격정에 사로잡힌 사야카가 내뱉은 말에, 아리사는 굳어 버렸다.

"쿠제 씨와 스오우 양은, 유일무이한 두 사람이었는데! 그 두 사람이니까, 나는! 나는……! 포기한 건데! 왜……!!"

사야카는 부릅뜬 눈으로 눈물을 흘리며, 피를 토하는 심정으로 목소리를 쥐어짜 냈다. 분노와 슬픔, 그 외의 여러 감정이 뒤섞여서 폭발한 듯한 외침을 코앞에서 듣고만 아리사는 사야카의 본심을 어렴풋이 눈치챘다.

"너, 너는—."

더는 아무 말도 하지 못했다. 악의적이라 여겼던 그녀의 언동에 담겨 있던 건, 정반대의 감정이었다. 호의에서 비롯된 일이라는 것을 알게 된 아리사는 아무 말도 하지 못했다.

항상 이랬다. 이럴 때, 그럴듯한 말을 해주지 못했다. 남의 마음을, 움직이지 못했다. 그래서…… 아리사는 그저, 전부 받아들이기로 했다. 하다못해, 그를 대신해 그녀의 격렬한 마음을 받아주자. 그것이 자신이 할 수 있는 유일한 행동이라 생각했다.

"너…… 나한테 하고 싶은 말이 있다면, 전부 말해도 돼."

"윽!"

아리사가 단호한 어조로 그렇게 말하자, 사야카는 증오에 찬 눈으로 그녀를 쳐다보더니…… 갑자기 고개를 숙이며 긴 한숨을 내쉰 후, 떨리는 목소리로 말했다.

"저한테는 그런 말을 할 자격이, 없어요."

그리고 다시 고개를 든 사야카의 얼굴에는 눈물에 젖은 공허한 미소가 어려 있었다.

"정말, 바보 같아요……. 멋대로 믿고, 동경하다, 배신당했다고 생각해서, 화풀이하다니……. 전부, 제 독선에 불과한데 말이죠. 후, 후…… 으흑……!"

사야카의 마음을, 아리사는 이해하지 못했다. 하지만 본래의 그녀가 매우 이성적인 사람이란 것은, 왠지 알 수 있었다.

그런 그녀가 분노에 사로잡혀 이성을 잃을 만큼, 그녀는 충격을 받은 것이다. 마사치카가, 유키가 아니라 아리사와 페어를 짰다는 사실에…….

"아, 여기 있었구나."

갑자기 들려온 목소리에 고개를 들자, 노노아가 체육관 모퉁이를 돌며 다가오는 모습이 보였다.

"아아~ 엉엉 울고 있네……. 미안해, 쿠죠 양. 뒷일은 내가 알아서 할 테니까, 쿠젯찌한테 돌아가 줄래?"

"으, 음……."

"진짜로 괜찮아. 응? 부탁할게."

노노아가 그렇게 말하자, 아리사는 사야카를 신경을 쓰면서도 강당 쪽으로 걸어갔다. 하지만 몇 걸음 걸어간 후에 뒤를 돌아보더니, 노노아에게 어깨를 안긴 사야카를 향해 말했다.

"타니야마 양."

사야카는 돌아보지 않았다. 하지만, 아리사는 개의치 않으며 말을 이었다.

"쿠제가 왜 나를 선택한 건지…… 그건, 나도 몰라. 하지만 나는 그의 의지에 부응하고 싶어. 그러니까……."

말을, 제대로 이을 수가 없었다. 그녀에게 이 말을 해도 될지 알 수 없었다. 그래도, 아리사는 진심을 담아 사야카에게 말했다.

"그러니까…… 힘낼게. 언젠가, 너한테도 인정받을 수 있도록……. 할 말은 이게 다야."

그리고, 서둘러 이 자리를 벗어났다. 그 뒷모습을 바라보며, 노노아가 차분한 목소리로 말했다.

"으음…… 쿠죠 양은 참 좋은 애네. 더 차가운 애인가 했는데, 의외로……."

"……그럴 거야. 쿠제 씨가, 선택한 사람인걸."

눈물에 젖은 목소리로 그렇게 말한 사야카는 희미하게 고개를 들며 물었다.

"……토론회는 어떻게 됐어?"

"응? 아, 우리가 항복한 걸로 해뒀어. 꽤 술렁거리긴 했지만, 쿠젯찌와 회장 씨가 잘 수습한 느낌이야."

"그래…… 미안해. 너한테도 폐를 끼쳤네……."

"괜찮아~. 절친인걸."

노노아는 그렇게 말하며 웃더니, 사야카의 안경을 벗긴 후에 정면에서 꼭 안아줬다.

"그리고, 이제 와서 그런 소리 하는 거야? 정말, 사얏찌는 옛날부터 툭하면 질질 짰다니깐……."

"그런 적……."

"그런 적 많거든? 내가 몇 번이나 너를 달래줬는지 알긴 해?"

말과 달리, 상냥한 손길로 사야카의 등을 쓰다듬어준 노노아는 달래는 듯한 어조로 말했다.

"진정되면…… 쿠젯찌와 쿠죠 양에게 사과하러 가자. 나도, 같이 가줄게."

"……."

절친이 그렇게 말하자, 사야카는 아무 말 없이 고개를 끄덕였다. 그런 사야카의 등을, 노노아는 달래주듯 계속 쓰다듬어줬다.

(에필로그) 이유

토우야와 마사치카의 지시에 따라, 학생들은 열을 맞춰 강당에서 나갔다. 그 광경을 높은 곳에서 내려다보고 있는 두 사람이 있었다.

"홋, 오라버니도 아직 무르군."

관객석 위에 설치된 조명제어실에서, 홍차를 한 손에 든 유키가 여유로운 미소를 흘렸다. 연설대에 서서 퇴장하는 학생들을 지켜보고 있는 마사치카를 내려다보며, 의자 등받이에 몸을 맡긴 채 여유롭게 다리를 꼬았다.

"오라버니가 마음만 먹었다면, 이런 헛짓거리는 금방 끝내버릴 수 있었을 터인데……. 파트너에게 성장할 기회를 주기 위해서일까, 아니면 상대가 아는 사람이라 사정을 봐준 걸까……."

찻잔 안의 홍차를 돌리며, 유키는 차가운 눈길로 마사치카를 내려다봤다.

"뭐, 좋아……. 저 정도 능력으로는 어차피 내 상대가 못 돼. 저런 유약함이, 머지않아 오라버니를 파멸로 이끌겠지……. 그렇게 생각하지 않아?"

유키가 뒤를 돌아보지 않으며 그렇게 묻자, 뒤편에 시립해 있던 아야노가 고개를 갸웃거렸다.

　"그렇습니까? 마사치카 님도, 아리사 님도, 참 멋지셨다고 생각합니다만……."

　아야노가 의아하다는 듯이 그렇게 말하자, 기분이 상한 건지 찻잔을 내려둔 유키는 미간을 찌푸리며 뒤를 돌아보았다.

　"아야노……."

　"네. 왜 그러십니까?"

　"뭘 모르네……. 몰라도 한참 몰라. 싸움이 끝난 후에, 자신만만하게, 여유 넘치게, 뭣하면 눈가에 그림자도 어리게 하면서! 쓸데없이 거만한 눈길로 평가를 내린다! 이것 또한 강한 캐릭터 느낌을 연출하는 데 있어 필수 불가결한 요소거든?!"

　유키가 의자 팔걸이를 주먹으로 내려치며 역설하자, 아야노는 순순히 고개를 숙였다.

　"죄송합니다. 공부가 부족했나 봅니다."

　"정말, 정신 좀 바짝 차려……. 이것 때문에 이 땀 뻘뻘 나는 음향 조명 담당을 맡은 거란 말이야."

　조명기기의 열기 때문에 후덥지근한 실내에서, 유키는 짜증스럽게 얼굴에 부채질을 했다. 아야노는 즉시 호주머니에서 부채를 꺼내 주인에게 부쳐주면서 머뭇머뭇 입을 열었다.

"외람되지만…… 질문 하나, 드려도 되겠습니까?"

"뭔데?"

"그 강한 캐릭터 연출은…… 최종적으로 패배하는 사람이 하는 것 아닙니까?"

"……."

"그리고, 아까도 말씀드렸습니다만…… 조명제어실에서는 음식 섭취 금지입니다."

"……."

아야노의 시선을 따라, 조명 조작 패널 위에 놓인 찻잔을 내려다본 유키는…… 서둘러 꼬고 있던 다리를 풀더니, 신중하게 찻잔을 들어 올렸다.

"……아야노."

"네."

"……치우자."

"알겠습니다."

뒷정리를 무사히 마치고, 인적이 사라진 강당 안. 마사치카와 아리사는 나란히 관객석에 앉아서, 아무도 없는 무대를 쳐다봤다.

다른 학생회 멤버도 먼저 돌아가서, 강당은 텅 비어 있었다. 잠깐 침묵이 흐른 후, 아리사가 불쑥 입을 열었다.

"그녀는 너를 존경한다고 생각해."

"……뭐?"

갑작스러운 말에 내심 고개를 갸웃거린 마사치카는 침묵에 잠긴 채 다음 말을 기다렸다. 그러자 아리사는 앞을 쳐다보며 확인하듯 말했다.

"타니야마 양이 말했어. 너와 유키 양은 유일무이한 페어였다고…… 동경했다고 말이야. 그래서, 포기했대."

"그래……."

마사치카는 그 말을 듣고 이해했다.

사야카의 태도에서 쭉 위화감이 느껴졌다.

이성적인 그녀답지 않은, 분노와 증오에 사로잡힌 듯한 태도. 하지만, 듣고 보니 그것은 자신도 아는 것이었기에…… 마사치카는 사야카의 태도를 이해할 수 있었다.

(그래. 너는…… 배신당했다고 생각했구나.)

쭉 의문을 품고 있었다. 사야카가 학생회에 없다는 사실에 대해서 말이다.

학생회장이 될 생각이라면, 1학년 때에 학생회에 들어가야 한다. 실제로 중등부에서는 그녀도 그렇게 했다. 반대로 그러지 않았다는 건, 이미 유키에게 설욕할 생각은 접었다고 해도 과언이 아니다.

그리고…… 그것은 사실이었다. 사야카는 유키에게 이길 수 없다는 것을 인정하며, 물러났다. 마사치카의 실적도 인정하면서 말이다. 마사치카가, 유키와 함께 다시 입후보할 것이라도 믿어 의심치 않은 것이다.

하지만, 마사치카는 유키의 대립 후보인 아리사와 함께 입후보하는 길을 선택했다.

(그럼…… 인정 못 할 거야.)

그녀의 눈에, 마사치카는 어떻게 비쳤을까? 어떤 심정으로 패배를 인정했고, 그 결단을 짓밟힌 바람에 어떤 마음이 들었을까?

기대와 신뢰를 배신당하고 느끼는 마음의 고통을, 마사치카도 잘 안다. 그것을 자신이 남에게 줬다는 사실에, 마사치카는 죄책감에 짓눌릴 것만 같았다.

"나, 힘낼게."

"……뭐?"

아리사가 그렇게 선언하자, 이를 악물며 고개를 숙이고 있던 마사치카는 고개를 들었다.

"네가 나와 입후보하기로 한 게…… 실수가 아니었다는 것을, 타니야마 양이 언젠가 인정하도록 말이야."

그 솔직한 말에, 긍정적인 생각에, 마사치카는 강렬한 선망을 느꼈다. 그저 죄책감에 사로잡혀 고개를 숙인 자신과 달리, 당당히 고개를 들며 앞으로 나아가려 하는 그 모습은 마사치카의 가슴을 옥죄어들게 할 만큼 눈부셨다.

지금은 긍정적으로 생각해주는 아리사가 고마웠다. 고개를 숙이고 있어봤자 소용없다. 그럴 시간이 있으면 앞을 바라봐야 한다는 것을, 깨닫게 해줬다.

"……그래. 타니야마를 납득시킬 수 있도록…… 나도 힘낼게. 내년에, 우리에게 투표하고 싶다는 생각이 들 정도로 말이야."

"그래."

마사치카와 아리사는 서로를 향해 고개를 끄덕이며 결의를 다졌다.

이제, 이것은 둘만의 싸움이 아니다. 사야카를 상처 입히고, 받침대로 삼은 이상, 꼴사나운 싸움은 절대 할 수 없다.

(결국, 그 녀석의 눈물을 원동력으로 삼게 됐네.)

2년 전에도 봤던 사야카의 우는 얼굴을 떠올린 마사치카는 쓰디쓴 미소를 머금었다.

그런 마사치카에게, 아리사는 주저 없이 말했다.

"……저기, 뭐 좀 물어봐도 돼?"

"응?"

마사치카가 생각을 중단하며 아리사를 돌아보니, 앞을 바라보며 고민스러운 표정을 지은 그녀는 좀처럼 입을 떼지 않았다.

하지만 잠시 침묵이 흐른 후, 그제야 마사치카를 쳐다보며 질문을 던졌다.

"……왜, 유키 양이 아니라 나와 입후보하기로 마음먹은 거야?"

"……."

마사치카는 그 질문을 듣고 천천히 눈을 깜빡이더니, 고개를 들며 천장을 올려다보았다. 이번에는 아리사가 조용히 마사치카가 말하길 기다렸다.

"……내가, 유키와 함께 회장 선거에 나간 건…… 그 녀석의 부탁을, 거절하지 못해서야."

이윽고 마사치카의 입에서 나온 말은, 질문에 대한 대답이라기보다 독백에 가까웠다.

하지만, 아리사는 아무 말 없이 그 말에 귀를 기울였다. 마사치카도 아리사의 반응을 개의치 않으며 말을 이었다.

"그 녀석이 목표를 이루도록 응원해주고 싶다…… 그런 마음도 있었어. 하지만 가장 컸던 건…… 역시 미안함일 거야."

"미안함……?"

"……."

아리사는 신경 쓰이는 단어를 듣고 무심코 되물었지만, 마사치카는 앞을 바라볼 뿐 아무 말도 하지 않았다.

그 모습을 보고, 마사치카가 자신의 내면과 마주하고 있다는 것을 이해한 아리사는 자신의 의문을 삼키며 앞을 다시 쳐다봤다.

"그래서일까……. 항상 마음 한편이 무거웠어. 꿈이나 목표를 열심히 이루려 하는 주위의 인간과 비교해 내 원동력은 변변찮다, 같은 자학적인 생각만 했지."

세이레이 학원의 학생회장이 된다. 그것은 원래 마사치카에게 주어진 과제였다.

그것을, 여동생에게 떠넘기고 말았다. 그 죄책감 탓에, 마사치카는 유키의 부탁을 거절하지 못했다. 그 미안함 때문에, 뭘 해도 성취감을 얻지 못했다.

모든 이유와 책임을 여동생에게 떠넘긴 채, 그늘에 숨어 요령 좋게 살아가는 자신이 참 비겁하게 여겨졌다.

"그림자 부회장, 라고 하면 멋진 것 같지만…… 결국은 남들 앞에 서고 싶지 않았을 뿐이야. 당당히 가슴을 펴고 부회장 역할을 수행할 각오가 없어서, 보이지 않는 곳에서 몰래 돕기만 했어."

마사치카가 자기 자신을 깎아내리는 발언을 하자, 아리사는 가슴이 옥죄어들었다.

그렇지 않다. 그렇게 자신을 비하할 필요는 없다. 그렇게 말해주고 싶었지만, 당시의 마사치카를 모르는 자신이 그런 말을 해봤자 빈말처럼 들릴 것이다.

유키라면, 그의 마음을 위로해줄 수 있을지도 모르는데.

마리야라면, 그의 마음을 상냥히 감싸줄 수 있을지도 모르는데.

토우야라면, 치사키라면, 아야노라면…… 그런 생각이 차례차례 떠오르면서, 무력감에 가슴이 옥죄어들었다.

왜 나는 이런 걸까.

왜 나는 남의 마음에 다가가지 못하는 걸까.

이 소년의 마음을 조금이라도 가볍게 해줄 수 있다면, 뭐든 하고 싶다. 하지만, 몸이 움직이지 않는다. 말을 할 수 없다.

그저, 묵묵히 이야기를 들어줄 수밖에 없다.

그런 아리사의 고뇌를 아는지 모르는지, 마사치카는 공허하던 표정을 갑자기 멋쩍어하는 듯한 표정으로 바꿨다.

"하지만…… 이번에는 달라."

"……뭐?"

"이번에 나는 자기 의지로 부회장이 되기로 결심했어. ……너와, 함께 말이야."

그제야, 아리사는 자기가 던진 질문을 떠올렸다. 왜 유키가 아니라 자신을 선택한 건가. 그 질문에 대한 대답을, 지금 해주려 한다는 것을 깨달았다.

"그러니까, 뭐…… 유키와 비교거나 하는 게 아니라……. 나는, 자기 의지로 너와 입후보하기로 결심한 거니까……. 뭐랄까, 자기 의지로 이런 걸 결정한 것 자체가 처음이라, 비교하고 말고 같은 게…… 뭐, 저기, 뭐야. ……아무튼 그런 느낌이야."

시선을 돌린 마사치카가 머리를 긁적이며 그런 말을 늘어놓자, 아리사는 무심코 실소했다.

동시에, 자신이란 존재가 마사치카의 마음을 긍정적으로 만드는 데 도움이 됐다는 것을 눈치채자, 가슴속이 기쁨과 안도와…… 말로 형용하기 힘든 멋쩍음에 사로잡혔다.

"그 부분은, 좀 더 솔직하게 말해줬으면 하거든?"

몸을 배배 꼬이게 하는 듯한 행복한 감각을 느끼고 미소를 머금은 아리사는 장난스러운 어조로 그렇게 말했다. 그러자 마사치카는 노골적으로 고개를 돌리며 퉁명한 어조로 말했다.

"시끄러워. 낯 뜨겁단 말이야. 너도 무슨 말인지 얼추 이해했잖아?"

"미안한데, 잘 모르겠어. 좀 더 알기 쉽게 이야기해줄래?"

"웃기지 마. 절대 말 안 해. 그것보다, 너는 어떤데?"

"뭐가 말이야?"

아리사가 노골적으로 심술궂은 미소를 지으며 슬며시 다가가자, 마사치카는 딱 잘라서 말했다.

"너는 왜 나와 입후보하는 걸 승낙한 건데? 알기 쉽게 이야기해줄 거지?"

"어머, 그건 간단해."

마사치카가 궁여지책을 꺼내들자, 아리사는 여유 넘치는 미소를 지으며 당연하다는 듯이 말했다.

그, 매우 알기 쉽고 간결한 대답에, 마사치카는 볼이 굳어지려는 것을 필사적으로 참았다.

"그, 그게, 무슨 소리인데?"

마사치카가 동요를 억누르며 겨우겨우 그런 말을 쥐어짜 내자, 아리사는 러시아어로 한 말이 무슨 의미인지 묻는 거라 여긴 것 같았다.

흐흥 하고 의기양양한 웃음을 흘린 아리사는 어깨에 걸린 머리카락을 쓸어넘긴 후, 자리에서 일어났다.

"슬슬 돌아가자."

"……그래."

마찬가지로 자리에서 일어난 마사치카는 아리사에게 동요했다는 것을 들키지 않으려고 시치미 떼듯 기지개를 켰다.

(우와, 타니야마의 눈물보다 훨씬 강력하네.)

이렇게 되면 슬슬 진심으로 임해야 할지도 모른다고 생각한 마사치카는 자신의 단순함에 쓴웃음을 머금었다.

(뭐, 그래도…… 나쁘지 않네.)

적어도, 예전처럼 죄책감을 원동력으로 삼는 것보다 훨씬 낫다.

그렇게 생각하고 심정이 개운해진 마사치카는 입구로 향하는 아리사를 쫓아갔다.

"그러고 보니…….."

"응?"

앞장을 서던 아리사가 갑자기 멈춰 서더니, 차가운 표정으로 돌아봤다.

 "쿠제…… 아까 그 말은 무슨 소리야?"

 "어라?"

 쿠제가 무슨 일인가 싶어 고개를 갸웃거리자, 아리사는 볼을 살짝 붉히며 날카로운 시선을 머금었다.

 "그게…… 내, 가슴 사이즈가 어쩌고 했던 거…….."

 "윽! 그, 그거, 말이구나…….."

 아리사의 말을 듣고 토론회 전에 자신이 했던 말을 떠올린 마사치카는 허둥지둥 시선을 피했다.

 "아하~. 이야, 그게, 아는 여자애가, 전에 그런 말을 해서…… 안심해. 다른 사람한테는 말 안 했고, 그 녀석도 어디까지나 억측이었을 거야."

 "……."

 "아니, 진짜로 별거 아닌 이야기를 나누다 들은 거야! 저기…… 보던 애니에서 가슴이 E컵인 여자애가 나왔는데, 내가『현실의 E컵은 저렇게 크지 않을 거야』하고 말했더니, 그 녀석이 실제 E컵은 아랴 정도의 크기라고…….."

 궁색한 변명을 늘어놓으며 목소리가 점점 작아지는 마사치카를, 아리사는 절대영도의 시선으로 응시했지만…… 이윽고, 흥 하고 코웃음을 치며 앞을 쳐다봤다.

 마사치카가 용서를 받은 줄 알고 가슴을 쓸어내리고 있

을 때, 작은 목소리가 들려왔다.

【턱걸이 정답.】

그 말을 바로 이해하지 못한 마사치카는 그것이 토론회 전에 던졌던 질문의 답이라는 것을 눈치챈 순간, 극도의 혼란에 빠지고 말았다.

(턱걸이? 대체 어느 쪽으로?! 큰 쪽이야? 작은 쪽이야? F에 가까운 E? D에 가까운 E?! 크으으으— 어느 쪽이냐고!)

느닷없이 폭로된 그 중요 정보는, 마사치카의 사춘기를 폭발시켰다. 그런 마사치카를 개의치 않으며, 귀 끝이 빨개진 아리사는 자신의 표정을 감추듯 서둘러 강당을 빠져나갔다. 입구의 문이 덜컹하며 닫히자, 강당 안에는 정적이 감돌았다.

그리고——.

"어느 쪽인 건데에에에에—!!"

텅 빈 강당에, 사춘기 남자애의 절규가 울려 퍼졌다.

■ 작가 후기

약 반년 만입니다. SUN SUN SUN입니다. 여러분의 응원 덕분에 무사히 2권이 발간됐습니다. 여러분, 정말 감사드립니다.

이야, 1권이 발매됐을 때는 「만약 별로 팔리지 않는다면 이 아름다운 추억을 소중히 가슴에 품고 사랑하는 소설가가 되자 세계로 돌아가자. 그리고 그 세계의 구석에서 몰래 단편이나 쓰며 때때로 가슴속에 넣어둔 아랴 양을 꺼내서 아아, 그런 일도 있었지 하고 추억해야지.」

그런 시적인 생각이나 했습니다만, 뚜껑을 열어보니 예상 이상의 반향을 얻었습니다. 역시 모모코 선생님의 신급 일러스트와 부편집장님의 진심 프로듀스는 엄청나네요. 과보호 임금님이 레벨 90 오버 파티 멤버를 붙여준 레벨 1 용사가 된 기분입니다만, 제가 지금 무슨 이야기를 늘어놓고 있는 걸까요.

(5분 17초간 생각에 잠긴 후.)

무슨 말이 하고 싶었던 건지는 모르겠습니다만, 뭐, 됐습니다. 어차피 후기 같은 건 다들 대충 읽을 테니까요. 집중해서 읽은 분이라면 제 의도를 이해하실 거라 믿습니다.

의도의 이해 같은 말을 하니, 학생 시절의 현대 국어 시험이 생각납니다. 필자의 의도 같은 건 필자 본인에게 물어봐야 알 수 있는데, 출제자가 멋대로 정한 정답은 과연 정답이라고 할 수 있을까요? 전국의 중고생 여러분께서는 현대 국어 시간에 교사에게 이 질문을 던져 주세요. 분명 인상을 쓸 겁니다. 이거야말로 대체 무슨 이야기일까요. 이 문장을 쓴 의도? 저도 모르겠습니다. 전국의 현대 국어 교사 여러분, 제 의도를 해독해 주세요. 부탁드립니다.

자~, 적당히 문장을 쓰다 보니 얼추 분량이 채워졌네요. 2권 내용을 전혀 언급하지 않고 후기를 다 썼습니다.

사회적 거리두기 때문에 직접 만난 적 없는 편집자님이 원거리에서 제 이마를 눌러대는 느낌이 들지만, 아마 기분 탓이겠죠.

그럼 마지막으로 감사 인사를 드릴까 합니다. 압도적인 기획력과 편집력으로 러시부끄의 제작 및 선전에 힘써주신 미야카와 나츠키 편집자님. 이번 권에서도 너무나도 멋진 신급 일러스트를 그려주신 모모코 선생님. 1권에 이어 더욱 파워업된 만화를 그려주신 타피오카 선생님. 아랴의 목소리를 맡아주신 우에사카 스미레 님. 마사치카의 목소리를 맡아주신 아마사키 코헤이 님. 그리고 이 책의 제작에 관여해주신 모든 분과 이 작품을 읽어주신 독자 여러분에게, XL 사이즈의 감사를 올립니다. 감사드립니다!

그럼 3권에서 다시 뵐 수 있기를 빌며, 이만 실례하겠습니다.

『러시부끄』
잘 부탁드립니다

■ 역자 후기

안녕하십니까. 근로청년 번역가 이승원입니다.

이번에 『가끔씩 툭하고 러시아어로 부끄러워하는 옆자리의 아랴 양』 2권을 구매해주셔서 진심으로 감사드립니다.

봄이 깊어가면서 점점 집 밖으로 나가고 싶어집니다.

사회적 거리두기 때문에 2년 넘게 외출을 자제했습니다만, 이제는 좀 나가고 싶어지네요. 예전에는 힐링이 필요할 때면 기차나 시외버스를 타고 한 번도 내려본 적 없는 역에 내려서 정처 없이 돌아다니는 걸 즐겼습니다. 아무 생각 없이 돌아다니다가 조난을 당한 적도 있고, 산속으로 걸어가다 들개 떼와 마주쳐 생명의 위기(?)를 느낀 적도 있습니다만, 그래도 지금 생각해보면 좋은 추억이네요.^^

이번에 바쁜 일이 좀 정리된다면 떠나볼까 합니다. 동해라인을 따라서는 해본 적이 없어서 기대되네요. 이번에는 산속 조난에 대비해 육포라도 챙겨갈 생각입니다, AHAHA.

그럼『가끔씩 툭하고 러시아어로 부끄러워하는 옆자리의 아랴 양』2권에 관해 이야기를 좀 해볼까 합니다.

  스포일러가 포함되어 있을 수도 있으니 본편을 안 읽으신 분은 유의해주시길!

  『가끔씩 툭하고 러시아어로 부끄러워하는 옆자리의 아랴 양』2권은 주인공들과 주변인물의 배경 설정을 다루고 있습니다.

  1권이 철저하게 아랴 양의 매력에만 포커스를 맞췄다면, 2권에서는 그녀를 둘러싼 캐릭터들의 매력과 과거를 다루고 있죠.

  아싸에서 인싸로 변했을 뿐만 아니라 예쁘고 힘센(?) 여친까지 얻은 학생회장 토우야. 그런 토우야의 연인이자 외모와 다르게 말보다 주먹이 앞서는(ー_ー) 치사키. 그리고 동생인 아랴 양을 푸근히 감싸주는 마리야. 아랴 양과 마사치카가 들어간 학생회 멤버를 다루면서 앞으로의 이야기 전개를 위한 기반을 다지고 있습니다.

  ……물론, 이 작품의 전부(어이)라 할 수 있는 아랴 양의 매력은 2권에서도 유감없이 폭발하고 있습니다. 음, E……E…… E……!!!(⌒⌒)

  독자 여러분도 아랴 양의 매력을 즐기셨길 진심으로 빕니다!

그럼 이만 줄이겠습니다.

L노벨 편집부 여러분, 언제나 재미있는 작품을 맡겨주셔서 감사합니다. 아랴 양의 매력 전파를 위해 저도 함께 힘내겠습니다!

시험 치러 경북 내려왔다가 부산까지 나를 보러 와준 악우여. 다음에는 미리 연락 주라. 마감 마무리 짓고 같이 놀러 다니게 말이야. ^^

마지막으로 언제나 제게 버팀목이 되어주시는 어머니와 『가끔씩 툭하고 러시아어로 부끄러워하는 옆자리의 아랴 양』을 읽어주신 모든 분께 진심으로 감사드립니다.

아랴 양의 사복&간병이 폭발하는 『가끔씩 툭하고 러시아어로 부끄러워하는 옆자리의 아랴 양』 3권 역자 후기 코너에서 다시 뵙겠습니다!

2022년 5월 중순
역자 이승원 올림

가끔씩 툭하고 러시아어로 부끄러워하는 옆자리의 아랴 양 2

1판 1쇄 발행 2022년 7월 10일
1판 7쇄 발행 2024년 7월 29일

지은이_ Sunsunsun
일러스트_ Momoco
옮긴이_ 이승원

발행인_ 최원영
본부장_ 장혜경
편집장_ 김승신
편집진행_ 권세라 · 최혁수 · 김경민 · 최정민
커버디자인_ 양우연
국제업무_ 박진해 · 조은지 · 남궁명일
관리 · 영업_ 김민원 · 조은걸

펴낸곳_ (주)디앤씨미디어
등록_ 2002년 4월 25일 제20-260호
주소_ 서울시 구로구 디지털로 32길 30, 코오롱디지털타워빌란트 1301-1308호
전화_ 02-333-2513(대표)
팩시밀리_ 02-333-2514
이메일_ lnovellove@naver.com
L노벨 공식 카페_ http://cafe.naver.com/lnovel11

TOKIDOKI BOSOTTO ROSHIAGO DE DERERU TONARI NO ARYA SAN Vol.2
©Sunsunsun, Momoco 2021
First published in Japan in 2021 by KADOKAWA CORPORATION, Tokyo.
Korean translation rights arranged with KADOKAWA CORPORATION, Tokyo.

ISBN 979-11-278-6490-3 04830
ISBN 979-11-278-6439-2 (세트)

값 7,800원

그날, 신에게 바랐던 것은 1~3권

하즈키 아야 지음 | 플라이 일러스트 | 송재희 옮김

슈쿠세이시에만 피는 세계에서 가장 아름다운 기적의 꽃 「미라크티어」.
그 꽃에는 1년에 한 번, 하얀 신에게 대가를 바치면
어떤 소원이든 이루어진다는 「별의 행혼」이라고 불리는 전설이 있다.
하지만 17세 생일에 카자마츠리 토와가 만난 선배,
오미 토카에게 신이 부과한 것은 대가가 아니라 하나의 시련이었다.
그날, 그녀가 꼭 이루고 싶다며 신에게 바랐던 것은.
그리고 시련을 극복한 끝에서 두 사람을 기다리고 있던 다채롭게 피어나는 기적이
란—.

1년에 한 번, 소원이 이루어지는 마을을 무대로 펼쳐지는
그와 「그녀들」의 상냥하며 조금 아픈 청춘 스토리, 개막.

© Takehaya
illustration Poco
Originally published by HOBBY JAPAN

단칸방의 침략자!? 1~31권

타케하야 지음 | 뽀코 일러스트 | 원성민 옮김

소년 사토미 코타로가 홀로서기를 위해 찾아낸 단칸방.
부엌 욕실 화장실 포함에 월세는 단돈 5천엔.
어느샌가 그 방은 침략 목표가 되었다?!

'미소녀', '유령', '외계인', '코스플레이어' 그 누가 상대라해도

"너희에게 이 방을 넘겨줄 수는 없어!"

단 한 칸의 방을 걸고 벌어지는 침략일기. 시작합니다!
TV애니메이션 방영 화제작!!

옛 원칙의 마법기사 1~2권

히츠지 타로 지음 | 토사카 아사기 일러스트 | 송재희 옮김

「기사는 진실만을 말한다」

「그 마음에 용기의 불을 밝히어」

「그 검은 약자를 지키고」

「그 힘은 선을 지지하며」

「그 분노는— 악을 멸한다」

전설 시대 최강의 기사라고 평가받는 동시에 「야만인」이라는 이명을 가진 시드 블리체.
캘바니아의 젊은 「왕자」에 의해 부활한 남자는 마법기사 학교의 교관으로 부임한다.
창설자 기사의 이념을 이어받은 네 개의 교실 중에서
그가 배속된 곳은 공교롭게도 자신의 이름이 붙은 낙오 학급인데…….
"너희 말이야, 기사로서 부끄럽지 않아? —일단 검을 버려."

최강의 기사는 야만인—. 새로운 「교관」 시리즈 개막!

©2019 shiryu / SHOGAKUKAN Illustrated by teshima nari

죽음에서 돌아와, 모든 것을 구하고자
최강에 도달한다 1~2권

shiryu 지음 | 테시마nari 일러스트 | 김장준 옮김

가족, 누나 같은 사람, 친구, 그리고— 사랑하는 사람.
모든 것을 잃은 에릭은 세상을 살아갈 의미를 잃고 절망해 결국 목숨을 끊는다.
하지만 죽었다고 생각했는데 눈을 뜨니 아기가 되어 있다?!
하지만 에릭은 아기가 『된』 것이라 아니라 아기로 『돌아온』 것이었다.
그 사실을 안 에릭은 잃었던 모든 것을 구하고자 최강에 도달하기로 마음먹는다.
우선 모든 것을 잃는 시작이 된 재난.
태어난 마을을 덮친 비극을 막기 위해 전생보다 강한 힘을 바라며 훈련에 매진한다.

—이것은 아직 정해지지 않은 운명에 맞서 싸우는 남자의 이야기.